JN184445

ちりつもばあちゃんの むすんで ひらいて まごそだて

たなかとも

じゃこめてい出版

まえがき

おばあちゃんな、
父ちゃん母ちゃんが一緒に住もって言うてくれたときな、ほんまにうれしかった。
ともちゃんてっちゃんと一緒に住めるんやあ、って舞いあがってしもぉた。
そしたらな、おじいちゃんに、えらい、いさめられてなあ。

おまえ、そないに、ほいほいと返事できるもんとちゃうど。
かわいいかわいい、いっときの感情では、すまされへんねんど。
孫を預かるって、孫を育てるってことや。
親いるのに、親の代わりすることやねんど。

これは、ほんまに人生の一大事や。
親のできることを、わしらがしたら、あかん。
それでいて、親の代わり、つとめんならん。
それも、孫が大人になるまでの話や。
つまり、や。
わしらが死ぬまでの話やど。
四六時中、襟ただださんならん。
己、律して、暮らさんならん。
肝にめいじて、覚悟もって、二人して挑めるか、どうかや。
これは、ほんまに新しい人生はじまるくらいの、一大事やど。

って、えらい、いさめられてなあ。
一ヶ月。
おじいちゃんが返事しはるまで、まるっぽ一ヶ月かかったわ。

あのときは、ほんまに、考えさせられた。
いろいろ、いろいろ、紙に書いたわ。
最後は、えいや！　や。
そやけどな。
おばあちゃんはおばあちゃんで、自分に誓ったこと、ある。

なんでも先回りすることだけは、決してすまいってな。
この子らが言うことに、なんでもハイハイ話を合わしたり、
自分の言葉で語ろうとしてんのに、話のつぎほをついだり、
はたまた、言葉じりとらえて叱りとばしたり、
好きにせいと言っときながら、最後に言わんこっちゃないってたしなめたり、
そんなことは決してすまいって、自分自身に誓ったんや。
なんでもハイハイ言うこと聞いてたら、
世の中なんでも思い通りになるって勘違いしてしまうやろ？

自分の言葉で語り終えることせなんだら、
言葉足らずでも、自分の意を汲んでもらえるって勘違いしてしまうやろ？

まあな。じじばばができることは、しれてる。
しれてるからこそ、己を律し、己を戒めてちょうどいいぐらいなんやと思う。
おじいちゃんの言わはるとおりや。
こころして、孫に接しようと思ぉたんや。

ともちゃんてっちゃんにとっては、
毎日が経験なんやし。なにもかもが経験なんやから。

ま。そんなえらそうなこと思ときながら、
すぐ、自分を甘やかしてしまうんやけどな。
ま。それでも。あいまいに流すよりかは、ちょいとは、ましやろ？

そやしな。
おじいちゃんと結論出した日は、毎年思い返すことにしたんや。
お赤飯炊いて。
忘れんように、てな。
ほら。おばあちゃんって、すぐに忘れるやろ？
お赤飯やったら、手ぇも、目ぇも、口も、腹も、みんな、身体にきざめるしな。
え？　いつってか？
それは言われへん。
秘密やがな。秘密、秘密。
おじいちゃんとおばあちゃん、二人だけの秘めごとや。ふふ。

認知症のおばあちゃんが、施設に入って間もないころ、こんなことをぽつりぽつりと、話してくれました。呆けていたのか、いなかったのか。
あのときのおばあちゃんは、いったい誰と話をしていたのでしょう。

そう言えば、毎年六月、おばあちゃんはお赤飯を炊いていたのでした。おじいちゃんが亡くなるまで、ずっと。おさなごころに不思議でした。

だれの誕生日でもない日に、お赤飯やなんて。へんなの。

おじいちゃんとおばあちゃんが、二人で目を合わせながら、神妙な面持ちで、お赤飯をうやうやしく食べていた光景を思い出しました。

「おお、また一年たったか」

おじいちゃんの声が、今にも聞こえてきそうです。

おじいちゃん、おばあちゃん。

わたしも、てつも、所帯をもって、子ども育てています。

もくじ

まえがき　3

第1章　腹くくらな、できるかいな……13
餅は目をはなさない　14　耳をすませば　18　大人の余裕と茶だんすと　22
任してもろぉて　26　初心を忘れない　28
ついでのCOLUMN①　おばあちゃんから教わった「ついで」のいろは　36

第2章　欲と道連れで、行こぉかいな……37
ケの日のハレごと　38　形あるものは、こわれるが常　42　欲と道連れ　48
ヤッコサンソボゴナン　52　クセはくせもん（曲者）　56
ついでのCOLUMN②　ひとつ。ついでは自分をよろこばせるためにある　60

第3章　子どものええとこ、見て暮らそ……61
些事（さじ）あなどるなかれ　62　一番大事をおろそかにしない　68　また　72
しゃもじをわたす　76　たつのおとしごろ　80
ついでのCOLUMN③　ひとつ。ついでに人にお願いするのはご法度　84

第4章　ちょいと寝ころんどぉみ……85
視点を変えて　86　ゴミは小さく　88　サバを読むのも芸のうち　90
ちんまいやりくりの行く末　92　ペンは剣よりも強し　96
まめくそ　98　家仕事、好ききらい　104
ついでのCOLUMN④　ひとつ。ついでを笑うものはついでに泣く　108

第5章 かわさな、しゃあない …… 109

いのちがけ 110　安物買いのむだづかい 112
眠れてもよし、眠れなくてもよし 114　ぜいたくノート 118
人のこころに立ち入らない 124　親しき仲ほど距離をおく 128
ついでのCOLUMN⑤ ひとつ。ついでも積もれば山となる 132

第6章 親も試練なら、子も試練 …… 133

ありがたいけど、迷惑がつく 134　親かて迷うし、親かて揺れる 142
親のこころ、子のこころ 150　だいじょうぶか、と、だいじょうぶ 154
あきらめる 158　いちばんの苦労 164
ついでのCOLUMN⑥ ひとつ。ついでで動くと人生変わる 168

第7章 波風たってあたりまえ……169

子どもが自分で起きるには 170　言い方ひとつと十人十色 174

ものは言いよう、受け取りよう 178　男の子を育てる 184

ほんまのほんまに？ 188　そして。一からやり直し 194

ついでのCOLUMN⑦ ついでの達人 198

あとがき 200

第1章　腹くくらな、できるかいな

餅は目をはなさない

一月。子どものころのおやつと言えば、毎日、お餅でした。おじいちゃんは醤油をつけて。弟のてつは、さとう醤油で。おばあちゃんとわたしは、きな粉とさとう、あべかわが定番の食べ方でした。

おばあちゃんの「さあ、お餅食べまっせ〜」がはじまりの合図。餅網を小指にひっかけ、調味料や食器をのせたお盆をもち、おばあちゃんが広縁に入ってきます。

「ごめんやっしゃ〜」

両手がふさがっているおばあちゃんが、足で戸を開けるのは毎度のこと。

「おい、おまえ。なんじゃ、その足使いは」

おじいちゃんのお小言も毎度のこと。

「ちゃんと、あやまってますえ。ごめんやっしゃ～」

おばあちゃんは、おじいちゃんのために居間へ続くほうの障子も続けて足で開けます。

おじいちゃんは絵筆をおき、立ちあがりました。仏画を居間へ避難させるのです。

空いた文机にお盆を置き、おばあちゃんは火鉢の前ではなくおじいちゃんが先ほどまで使っていたざぶとんに座ります。餅奉行のおじいちゃんがお餅を焼いてくれるからです。

居間には餅箱がありました。お餅は冷たい場所で保管しなければならないので、昼間は火の気のない居間に置いていました。仏画を置いたその手でお餅をつかみ、おじいちゃんは広縁にもどってきます。

おばあちゃんは前かけの裾を鍋つかみ代わりにして、火鉢の上のやかんをおろします。重ねた新聞の上にやかんを置くと同時に、左手で餅網にひょいと置きかえます。一秒でも火が空くのを惜しむかのような勢いで。

「おまえ、危ないやないか。やけどしても知らんど」

おじいちゃんは注意しますが、おばあちゃんはどこ吹く風。

「やけどなんか、しますかいな、あたしの手ぇですがな」

おじいちゃんは別の注意をします。

「おまえ、新聞の上にやかん置くなと、いつも言うてるやないか」

「もう読まはったやないですか。あと、あたしが読むだけですさかい、かましませんがな」

おじいちゃんはもう何も言いません。

「二個二個二個二個、八個やな」

おじいちゃんは、花弁をえがくように餅網の縁からお餅をていねいに置いていきます。最後のひとつは真ん中へ、ちょん。そこへ、おばあちゃん。

「まあ、ちょいと、おまけしときまひょか」

いつのまに取ってきたのか、いくつかお餅を追加します。おじいちゃんがきれいに並べたお餅の花模様は一気に崩れます。

「おまえ、もうちょい、きれいに並べられんか」

「焼くのんに、変わりおへんやないですか」

「そやけど、おまえ、こんなに焼いてどうすんにゃ」

「みな食べますわいな。残らしませんて」

「それも、そやな」

二人のやりとりは、いつもおばあちゃんの勝ち。

こんがりとお餅が焼けるにおいが漂ってきました。わたしと弟とおばあちゃんは小皿と箸をもち、待ちかまえています。おじいちゃんが、おせんべいを返すようにお餅を返していきます。お餅の表面が割れ、ぷくっと中身がでるかでないかのタイミングをみはからい、順に小皿にのせてくれます。わたしたち三人は、焼きたてのお餅をハフハフ言いながら、口に入れました。

「お餅焼くときはな、目ぇ離したらあかんのえ。あんたらといっしょ」

おじいちゃんの手を目で追いながら、おばあちゃんはうれしそうに言うのでした。

こんなことを思い出したのも、お正月に実家へ行ったとき、わたしの母が息子に、

「ゲンキちゃん。お餅焼くときはな、目ぇ離したらあかんのえ。あんたらといっしょ」

と、繰りかえし言う姿を見たからかもしれません。

そんなこんなで。今年はいつもよりお餅を多く食べているわたしです。

耳をすませば

わたしが中学生のころ、冬のことです。

かぜをこじらせ寝ているわたしのおでこに、ほんのりとぬかのにおいがしたかと思うと
冷んやりつるり、しっとりした手がのりました。

薄目を開けると、目の前におばあちゃんの顔。

「まだ真熱(しんねつ)あるなあ。どれ、ともちゃん。お粥さん食べよか?」

わたしに聞きながらもおばあちゃんは、返事も待たずに立ちあがりました。

え〜、またお粥さんかあ、と言うわたしのつぶやきは、届かなかったようです。

「お粥さんばっかり、もういやや」

もう一度声に出したものの、台所のおばあちゃんには今度こそ届きそうにありません。

わたしのため息が聞こえたからか、広縁で絵を描いているおじいちゃんが、めずらしく絵筆をとめ、わたしの枕元まで来てくれました。

おじいちゃんは金泊を使って仏画を描いています。学校を休み、気づいたことですが、おじいちゃんが席を立つのはトイレに行くときだけ。それ以外はずっと机にかじりついています。寝ているわたしから見えるのは、火鉢の湯気と、茶色の作務衣の上から羽織った柿渋色のちゃんちゃんこだけでした。そのおじいちゃんが、わざわざ席を立ってわたしのおでこに手をのせてくれたのです。固くてあたたかくて、膠(にかわ)（動物の皮や骨を原料とする接着剤）とたばこがいりまじったようなにおいがしました。

「とも。耳すましてみぃ。聞こえるか？」

おじいちゃんはわたしに顔を近づけ、静かに言いました。

「何が？　べつに何も聞こえへん」

「よぅ聞いてみ。ばあちゃん、今何してる？」

「台所にいはるだけや」

「ほれ、もっと、よぅ聞いてみぃ」

目をつむり、台所から聞こえる音に耳をかたむけました。

「あ。なんか落とさはった。おばあちゃん、おっちょこちょいやなあ」

流しから水がはねる音がしました。コツンコツンと三回音がしたのは、食器棚から木のお椀を出し食卓に置いたのでしょう。冷蔵庫の開け閉め音。玉子を割る音、かき混ぜる音。おばあちゃんのかき混ぜ方はいつもおなじ。シャカシャカ、シャカシャカ、コントコ、コンコンコン。心地のいいリズムです。しゅわしゅわしゅわしゅわと、お粥が土鍋のふちにせりあがるような音も聞こえてきました。最後はおばあちゃんの「これでよし」という声。

台所から音が消えた、と思ったら、おばあちゃんがしずしずと部屋に入ってきました。まるで捧げものでも持つかのように少し高めにお盆を持ち、息をとめ視線を下げて歩くのが、おばあちゃんの運び方。お盆を置くと、おばあちゃんは小さく息をついて言いました。

「さあさ。今日のんは特別おいしいえ。これ食べたら、よそのお粥さん、食べられへんで」

「おばあちゃん。いっつも作ってくれてありがとう」

「あれ、まあ。ともちゃん。えらいうれしいこと、言うてくれるやないの」

おばあちゃんがいれる熱くて濃いお茶をすすると、まるでおなかの底から汗がふきだしそうです。この勢いのまま、湿り気のあるふとんにもぐり込み、また一寝入り。時計の秒針と湯が沸く音が響くなか、うつらうつらと過ごす午後のひととき。友だちのことも、受験のこともしばし忘れて、弟が学校から帰ってくる夕方まで、おじいちゃんとおばあちゃんを独り占めした数日間。

こんなことを思い出したのは、つい先日インフルエンザにかかったからです。熱の峠を越した朝、おでこからまぶたにかけて重みを感じたと思ったら夫の手がのっていました。

「お粥つくろか？　俺がつくるから、玉子の粥しかつくれへんけど」

おでこに手をのせてもらうこと。台所の音を聞くこと。

久しく忘れていた、この心地。この感覚。

ふとんのなかで、夫の発するひとりごとをぼんやり聞きながら、子どものころの、あのときのにおいを、わたしはどこかで探していました。

大人の余裕と茶だんすと

その昔。

おじいちゃんおばあちゃんの部屋に小さな茶だんすがありました。奥行き３０、幅９０、高さは７０センチほどの大きさで、桜の木で造られていました。

上半分はガラスの引き戸。なかには飾り棚がついています。飾り棚の側面はひょうたんの形にくりぬかれていました。

下半分は引き出しが三段と、木製の引き戸。引き戸には、はがきの大きさほどの額縁がはめこまれていて、ひょうたんの形がうきあがっています。このひょうたん模様の部分は本体とは材質がちがっていて、木目がこまやかで見た目はつやつや、触り心地はすべすべしていました。

父と母が共働きの家庭であったため、わたしと弟はおじいちゃんおばあちゃんの部屋で寝ていました。二枚の布団と長ざぶとんをくっつけて四人で寝ます。弟はおじいちゃんとおばあちゃんの間、わたしはおばあちゃんの隣で寝るのが定位置でした。一方をみると、おばあちゃん、反対側を見ると、わたしの眼の前には、ひょうたん模様がありました。

わたしたちは寝る前に、「今日のええこと」や「今日のうれしい」を話すのが日課でした。おばあちゃんのひんやりしたたぽたぽの二の腕を両手でさわりながら、たまに、ほおずりしながら、眠りにつくのが、幼いわたしにとって、このうえない楽しみでした。

さわりすぎておばあちゃんの腕が温くなると、いったん手をはなし、冷えるのを待ちます。その間、わたしは向きを変え、ひょうたん模様に指をはわせました。あるいは、先に寝入ったおばあちゃんが寝がえりをうって弟の方をむくと、わたしはおばあちゃんが振りかえるのを待ちます。おばあちゃんの背中に手をはわせ、寝巻の模様の端から端までなぞり終えても、おばあちゃんが振りかえらないときは、やはり、わたしは向きを変え、ひょうたん模様に指をはわせました。このようなわけで、ひょうたん模様の茶だんすは、幼いわたしの寝るときの相棒でもありました。

さて、その茶だんす。

不思議なことに、おばあちゃんは下半分を空っぽにしていました。使わないのであれば、わたしのモノを入れたいとお願いしましたが、おばあちゃんの返事はいつもおなじでした。

「空っぽやねんけど使ってんねん。そやし、ともちゃんには、使わしてあげられへんわ」

誕生日のお祝として一年間使わせてほしいとお願いしても、返事に変わりはありません。いつぞや、わたしは茶だんすの空拭きをしながら、なぜ下段が空っぽなのか、きちんと理由を説明してほしい、とおばあちゃんにせまったことがあります。

「しいて言うなら、大人の余裕かなあ」

おばあちゃんはまじめな顔でこたえました。意味がわからなかったので聞きなおすと、おばあちゃんは頬をゆるめて言いました。

「まあ、そのうち、ともちゃんにも教えてあげるわ。ふふっ」

ある日のことです。おばあちゃんのお友だちの川口さんがふらりとやってきました。おばあちゃんは、広げていた新聞の切り抜き、はさみ、そろばん、出納帳、小銭入れや天眼鏡を新聞の上にがさがさっと寄せ集め、引き戸のなかにそっくり入れてしまいました。

その流れるような手つきと素早さに、わたしは思わず見とれてしまったほどです。

川口さんを部屋に迎え入れたときには、ちゃぶ台の上には何もありません。

「いや〜、奥さん。お宅はいつ来ても、すっきり暮らしてはりますなあ」

「そんなこと、おへんえ。いろいろ散らかってまっせ。

まあ奥さん、お茶でもいれますよってに、ゆっくりしていっとくれやす」

わたしは、台所にいくおばあちゃんにかけより、耳打ちしました。

「おばあちゃん。大人の余裕ってすごいなあ。おばあちゃん、さすがやなあ。天才やなあ」

おばあちゃんは照れながらこたえました。

「ありゃりゃ。見てた？　種をあかすとな、ラジオで聞いた受け売りやねん。へへっ」


つい最近。生まれて二年になろうとする小さな甥っ子の、ぷにゅぷにゅの腕をさわったとき、おばあちゃんのたぽたぽの腕がむしょうに恋しくなりました。

「大人の余裕」を引き継いで悦に入る一方で、いまだに、たぽたぽと、すべすべの、あの二つの手触りに未練を持つ、天命を知る五十をとうに過ぎたわたしが、ここにいます。

任してもろぉて

嫁入り前。ご近所の北川さんが回覧板を手渡しながらわたしに言ったことがあります。

「おばちゃんな、ともちゃんのおばあちゃんの口からな、孫のお世話が大変って、一回も聞いたことないわあ。なかなかできることや、あらへんえ。

おばちゃんもな、孫が二人できたやろ？　日曜日に息子と嫁さんが仕事や言うさかい、たまに預かることあるんやけどな。ほんまにえらい（しんどい）もんえ。

孫や、言うても人の子やし。気ぃつかうわ身体つかうわで、ほんまに大変。

って、こないして大変大変て言うてたら、友だちに言われてん。〝孫のグチはそのくらいにしときぃ〟って。そんなつもり、これっぽっちも、なかってんけどな。

そのあと、ともちゃんのおばあちゃんの話になってなあ。

おばあちゃんって、ほんまにあんたら二人のグチ、言わはらへん。だあれも聞いたことない。ああ～。おばちゃんもおばあちゃんを見習いたいもんや」

そのとき、お風呂に入っていたおばあちゃんは、くしゃみをしていたことでしょう。

そういえば、おなじようなことを担任の金子先生からも、あっこちゃんのお母さんからも、近所の七條さんのおばさんからも言われました。報告するたびにおばあちゃんは、

「ほんまにもう、皆でからこぉてからに（からかって）。

えらいんはあんたら孫や。いやいや。何よりあんたらの母ちゃんや。こんなあたしでも頼りにしてくれ、子どものこと、ぜんぶ任せてくれて。なかなかできるこっちゃ、ないえ。ほんまに、ありがたいこっちゃ」

おばあちゃんは、どうしてこのように言えたのでしょう。

どう思い出しても、孫の目から見ると、決して無理していたようには見えません。おじいちゃんおばあちゃんとの暮らしは、おなじことの繰りかえしなのに単調ではありませんでした。いつも、何かしらで笑いあっていました。

わたしに孫ができたとき、わたしは、毎日、笑顔でいられるでしょうか。

初心を忘れない

「父ちゃん母ちゃんがいっしょに住んでほしいって言うてくれたときな、おばあちゃん、ほんまにうれしかった。それはそれはうれしかった。ともちゃんてっちゃんといっしょに暮らせるやなんて、こないにうれしいことはない、て思ぉた。そらあ、舞いあがったで。

そやけどな。

おじいちゃんは、なかなか、うん、て言わはらへん。そないに、ほいほい話にのるもんちゃう、そないにかんたんに返事できるもんちゃう、ってな。

ひと月考える時間くれって、父ちゃん母ちゃんに返事しはったわ。

それでな。あたしに言わはった。

『いっしょに暮らすにせよ、暮らさへんにせよ、どっちにせよ、わしらは覚悟せなあかん。親二人が共働きで、子どもらが小学校へあがる。わしらがいっしょに暮らさなんだら、二人の孫はどうなる？

学校から帰ってきても家で待つもん（者）は誰もおらん。親が帰ってくるまで、二人で過ごさんならん。毎日、毎日。春も夏も秋も冬も。

晩めしはどないする？　風呂は？　戸締りはどないする？　夏休みはどないする？　冬休みは？　春休みは？　病気やケガしたら誰が医者連れていく？

そう考えたら、ほっとかれへんのは確かや。孫の行く末案じながら、わしらが何もせんなんてこと、ありえへん。考えるまでもないことよ。

そやけど。それだけで、いっしょに暮らしてええんか？　ほんまにいっしょに暮らしていけるか？　一年二年の話ちゃうど。十年二十年、わしらが死ぬまでの話やど。四半世紀かけて、ともとてつの面倒をみる。ほんまに、わしら、腹くくれるか？

そうやな。そないな先の話なんて、わからんわな。

ほな、おまえ。今。誓えるか？

孫の前で親を立てます、って誓えるか？　二人の教育方針に一切口出ししません、って親二人に誓えるか？

孫を預かるってことはやな、親の代わりに孫たちを育てるってことや。親がいるのに、親代わり。親の意を汲んで、孫の面倒をみるってことや。

親ができること、わしらはとってくうたらあかん。わしらはあくまで黒衣（くろこ）。黒衣に徹しなあかん。このことを、わしらは死ぬまで毎日肝にめいじて暮らしていけるか？　腹くくれんかったら、いっしょに暮らす資格はない』

あたしはよう返事せんかった。そやけど、おじいちゃんに言い返したなあ。

『そんなん、やってみな、わかりませんがな。まずはひと月、お試しでやってみまひょ。自分らの家から一週間単位で通ぉたらよろしぃがな。平日は泊まり込み、土日に帰ったらええやないですか』

ところがな。ともちゃんが小学校入学して、半年たったころかいな。おばあちゃんな、それはそれは、えらい風邪ひいてしもたんや。おまけに腰痛までやってしもてな。えらいこと決断してしもたんや、て、正直、思ぉた。おじいちゃんが言うてはった〝覚悟〟てこれか、って思ぉた。孫の面倒みるどころか自分の面倒ようみられん。もう、何もかもが、くちゃくちゃ、ばらばらや。それでも、子らは待ったがきかん。ああ、こんな姿さらしても、ああ、こんな思いしても、グチのひとつも言えへんのか。代わってくれとはいわん。せめて、このしんどさ、わかってくれ。それさえも、口に出されへん。途中でなげだされへんのや。ほんまに、えらいこっちゃ。ほんまのほんまに腹くくらな、続けられるもんとちゃう。

そんなこんなで一年たったころかいな。また、こないなことがあったんや。てっちゃんが話してんのに、ともちゃんが話の腰おって自分の話にもっていってしまう。あの天真爛漫やったてっちゃんがだんだん口数少のぉなる。男の子は、もともと口下手やいうけど、機関銃のようなお姉ちゃんのしゃべくりの勢いには、どうやってもかなわへん。

どうしたもんかいなあ、と思ぉてたら、おじいちゃんが言わはったわ。

『わしらが、ともに、なあなあですませてるからや。

わしらが、先回りして、てつの代弁するからや。

子どもらには、まあええか、は通じひん。手抜きはゆるされへん、ど』

そのときやな。

自分を律するってこういうことか、って。ハッと気がついたんや。

てきとうに、なんでもハイハイ言うこと聞いてたら、ともは、世の中、なんでも自分の思いどおりになるって勘違いしてしまう。

自分の言葉で最後まで言わさんと、待たんと代弁してたら、てつは、言葉足らずでも、己の意を汲んでもらえるって勘違いしてしまう。

それだけやない。

言葉じりとらえて二人を叱りとばしてたら、人の顔色みる大人になってしまう。

好きにせいと言うときながら、最後に、ほれ言わんこっちゃないって、たしなめてたら、やる気のない大人になってしまう。

あたしが親やったら、しゃあない、己がいたらへんかった、で、すませられる。

そやけど、目の前にいるんは、我が子やない。預かってる孫や。大事なかわいい孫や。

今はまだ、微笑ましい、て笑ぉてられる。小さいからしゃあないなあ、ですませられる。

そやけど、この子らが大きいなったとき、苦労するんはこの子らや。あたしが、甘えたら
甘えた分だけ、楽したら楽した分だけ、かわいい孫にひどい仕打ちすることになる。

これは一大事業やぞ。子育てより責任重いぞ。こころして、かからなあかんぞ、ってな。


それからやなあ。どないして息抜きしよか、考えるようになったんわ。

あんた、そないして笑うけど。大事なことやで。

力抜かな、力入れられるかいな。

それとやな。おじいちゃんと二人で毎年思い返すことにしてきたな。あのときの覚悟。

これで、よかったんかいなあ、ていう反省といっしょにな。

え？　いつってか？　それは言われへん。そないに軽々しゅう、言えるかいな。

え？　なんでてか？　おじいちゃんとおばあちゃん、二人の第二の人生のはじまりや。

そやのになあ。おじいちゃん。先に逝てまわはったがな。

こないに大事なお役目あたしひとりに負わしてからに。

一足お先にお役ごめんやなんて。

ほんまに。しゃあないお人や」


認知症のおばあちゃんが、こんなことを話してくれたのは、施設に入って間もないころ、一年でもっとも寒い時期のことでした。

毎年、おなじ時期におなじ話を、わたしは何度聞かされたことでしょう。自分が育てた孫に、こんな話を聞かせているのを、おばあちゃんは意識してのことだったのでしょうか。


オチは、いつも決まっていました。

「あんたの母ちゃんは日本一。あたしにとっては世界一の嫁さんや。

暑がりのあたしと寒がりのおじいちゃんが、湯水のように使ぉてた電気とガスと水道代。

母ちゃんの口から、使いすぎやなんてこと、ひとっことも聞かへんかったな。

もっと言うとな。母ちゃんはな、あんたらの育て方についても、これっぽっちも口出しせんかった。あたしとおじいちゃんは、思うように、好きなように、させてもろぉた。

そうそう、簡単にできるもんちゃうえ。この二つ。

そうや。言うは易し行うは難し、や。腹くくらな、できるかいな。

そやし、言うねん。

あんたの母ちゃんは日本一。嫁さんにしたら世界一やて。

あんた、母ちゃんを大事にするんやで。母ちゃん甘えさせてあげるんやで。

親甘えさせてあげられるんは、大人になった子どもだけや。

あたしも早ぉ、母ちゃんにあんたを返さんとな。

ありがとう。ほんにおおきに。ありがとうさん」

今日はおばあちゃんの誕生日。生きていたら百三歳。

一月二十五日になると、わたしは、おばあちゃんの話を思い出します。

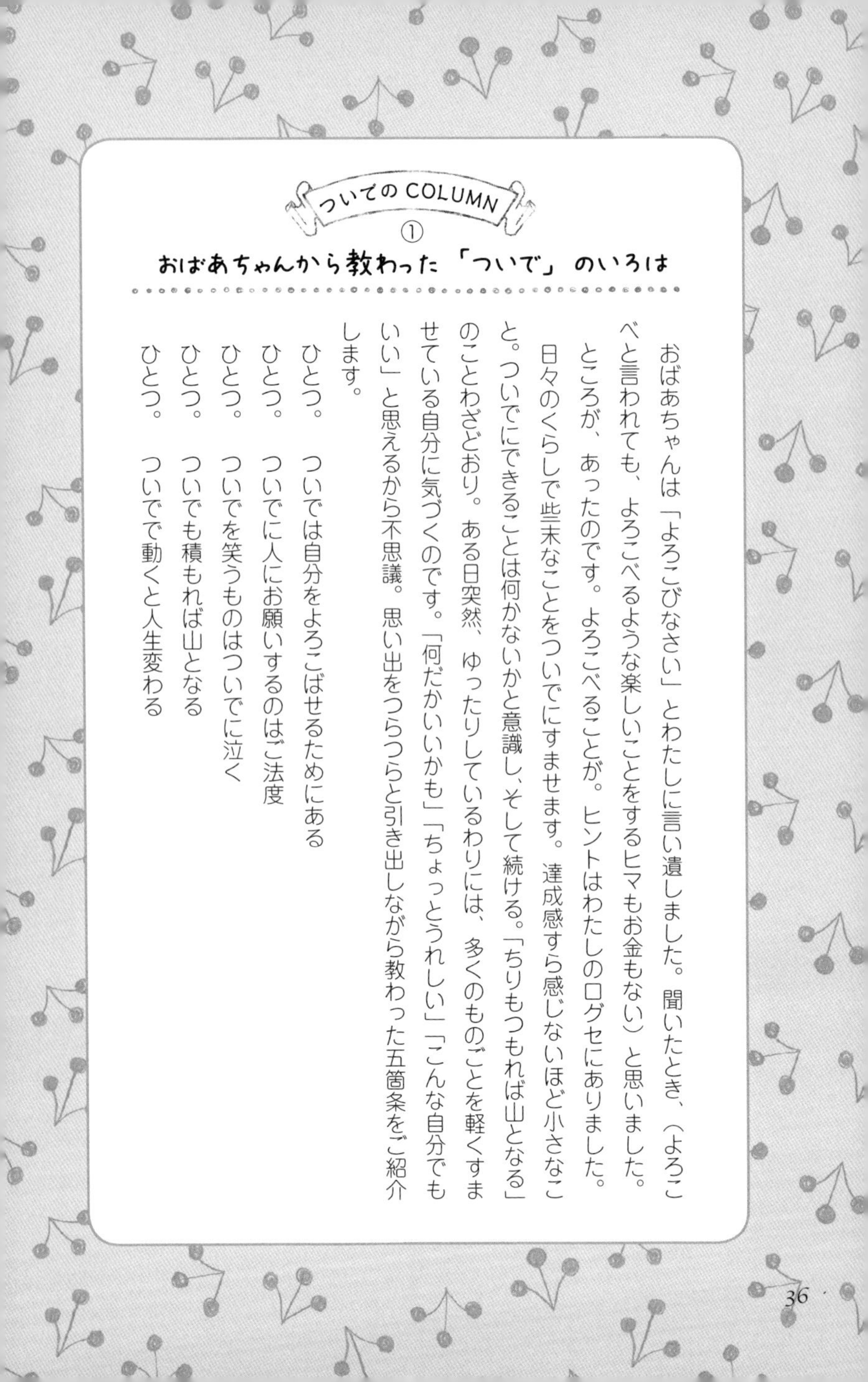

ついでのCOLUMN ①

おばあちゃんから教わった「ついで」のいろは

おばあちゃんは「よろこびなさい」とわたしに言い遺しました。聞いたとき、(よろこべと言われても、よろこべるような楽しいことをするヒマもお金もない)と思いました。ところが、あったのです。よろこべることが。ヒントはわたしの口グセにありました。日々のくらしで些末なことをついでにすませます。達成感すら感じないほど小さなこと。ついでにできることは何かないかと意識し、そして続ける。「ちりもつもれば山となる」のことわざどおり。ある日突然、ゆったりしているわりには、多くのものごとを軽くすませている自分に気づくのです。「何だかいいかも」「ちょっとうれしい」「こんな自分でもいい」と思えるから不思議。思い出をつらつらと引き出しながら教わった五箇条をご紹介します。

ひとつ。ついでは自分をよろこばせるためにある
ひとつ。ついでに人にお願いするのはご法度
ひとつ。ついでを笑うものはついでに泣く
ひとつ。ついでも積もれば山となる
ひとつ。ついでで動くと人生変わる

第2章　欲と道連れで、行こおかいな

ケの日のハレごと

わたしが小学二年生、弟が四歳ころのことです。

おばあちゃんといっしょに保育所に弟を迎えにいった帰り道。もうあと少しで家につくというところ、ユイ美容室のまえで、弟が大きな声を出しました。

「ザリガニや！　ザリガニがいる！」

弟が指さしたのは、子どもがすっぽり入るほどの大きな側溝でした。水かさは足首ほどしかありません。おばあちゃんとわたしはしゃがみこんで、弟の指さす方向を目で追いました。弟は手をせいいっぱいのばして説明します。

「ほら。いるやん。みどりの大きな石のとこ。お姉ちゃん、見えるやろ？」

「え？　あ。ほんまや。ほんまにいるわ！　おばあちゃん、ほら！　ザリガニがいる！」

「どれどれ？　お？　あれか？　あれやな……。そうやなあ。しゃあないなあ」

おばあちゃんは、何やらひとりごとをつぶやきました。と思ったら、

「よし。ともちゃん、てっちゃん。いっぺん家帰ろ。話はそれからや。超特急で帰るで」

三人は駆け足で帰りました。一番に家に駆けこんだ弟は、おじいちゃんに言いました。

「おじいちゃん。ザリガニがいてん！　ほんまやねん。おっきいねん」

「ほう、さよか。よかったなあ。ところで、とも、てつ。おかえり」

おじいちゃんは絵筆をうごかす手を休め、ざぶとんごと身体をこちらに向けて、言いました。おじいちゃんは、毎日、仏画を描いているのです。

「あんさん！　ちょっと来ておくれやす。ちょっと助（すけ）ておくれやす！」

「なんやねん。お前まで」

「そやかて。

ま。ええわ。あたし、ちょっと子どもら連れてユイさん（美容室）とこ行きますさかい。ともちゃん、てっちゃんはおしっこして玄関で待っときよし。用意できたら、すぐ行くえ！」

三人で現場にもどりました。

弟とわたしはザリガニをさがします。おばあちゃんはだしじゃこをたこ糸に結えつけます。わたしたちは魚つりの要領でザリガニの前に糸をたらしました。ザリガニはずりずりと後ろにさがります。おばあちゃんの声はだんだん大きくなっていきます。

「ほれ、そこ、ともちゃん！　てっちゃんは、もっと糸たらして！」

気づけば、おばあちゃんがザリガニの後ろにまわりこんでいました。そこへ、ほうきとちりとりを持ったおじいちゃんが下駄を鳴らしてやってきました。

「どうや。採れたか？」

「し～、今からですわ。よし。交代や。おじいちゃんの出番や」

ところが、おじいちゃんはおばあちゃんほど勇ましくありません。

「あんさん、そこや、そこそこ！　ほれ、今ですがな！　後ろからつかまえて！」

「いや、わしは……」

「ほな、どいとくれやす。あたしがつかまえまっさかい」

ほうきとちりとりを持ったおじいちゃんとだしじゃこを持ったおばあちゃんが、側溝のなかでやりとりしているうちに、ザリガニは逃げてしまいました。

「あ〜あ」

肩の力が抜けた瞬間、弟が大きな声を出しました。

「亀や！　亀がいる！　おじいちゃんの後ろに亀がいる！」

おばあちゃんが、小さなみどり亀をそっとつかまえてくれました。


その日の晩ごはんの時間は、いつもよりずいぶん遅くなりました。

「おい。ほかに酒のアテ（おつまみ）はないんかい。おれは、ザリガニといっしょかい」

おじいちゃんは、言葉とはうらはらに、にこやかにだしじゃこをつまんでいます。

「今日はそれで堪忍しとぉくれやす」

こたえるおばあちゃんの声もはずんでいます。いつもおじいちゃんの言うことに「はいはい」とこたえるおばあちゃんが、この日はとても頼もしく見えました。

それにしても、今更ながらに思うのは、おじいちゃんもおばあちゃんも、ごはんよりもわたしたち姉弟のハラハラドキドキのひとときを優先してくれていた、ということです。

だから、父と母に平日会えなくても寂しいと思ったことはなかったのかもしれません。

形あるものは、こわれるが常

父と母が共働きだったため、一家の主婦はおばあちゃんでしたが、おじいちゃん以外は台所に入るので、台所は決して「おばあちゃんのお城」ではありませんでした。

でも水屋（食器棚）だけは別。おばあちゃん好みの食器が、おばあちゃんのセンスで、ところせましと収められていました。「うちの水屋は玉石混交」とおじいちゃんは茶化していましたが、薄手で品がよく高価そうな器だろうが、お酒やさんにもらった景品だろうが、食器はみなおなじように大切にあつかうのが常とされていました。逆に言うと、大切にあつかいさえすれば、どんな食器を使ってもよし、とされていました。たとえ、わたしが野の草をつみ、年代物の切り子のグラスを花瓶代わりに使ったとしても、あるいは古い九谷焼のお皿を使って円を描いたとしても、おばあちゃんが言うことは二つでした。

「器は、どんなもんでも両の手であつかいなさい」

「水屋の戸は静かに開け閉めすること」

おばあちゃんは、食器に少しでも欠けを見つけると、躊躇することも、金継ぎすることもせず、淡々と処分しました。誰かが食器を割ったとしても、「形あるものはこわれるが常」と意に介さず、むしろ、「ほな、また新しいのんがやってくる、っちゅうことやわなあ」と、うれしそうに言うのでした。

水屋の上部にグラス類が並べてありました。おばあちゃんのお気に入りは、Mからはじまる英語が浮き出た厚手のグラス。持ち手はなく、そばちょこのような形でした。不思議なことに、このグラスだけは、割れてもすぐに補充されているのでした。

わたしたち姉弟がまだ小学生だったある夏のこと。

弟が近所の友だち十人ほどと家の前で遊んでいたことがあります。夏の暑い盛りだったこともあり、おばあちゃんが麦茶を用意しました。

「ともちゃん。ちょっと。てっちゃんたちに、お茶もってってたげて」

おばあちゃんに言われるがまま、グラスをお盆にのせ、やかんといっしょに軒先に持っていきました。

大きな丸いお盆に十数個のグラスがならんださまは圧巻です。おなじ形おなじ色が揃うとこんなにきれいだとは。お茶をいれると日の光に反射し美しい光景がひろがりました。

でも、お茶を出す相手は、わたしより年下の鼻タレ小僧たち。どう考えても、グラスをていねいにあつかうとは思われません。

「なあ、おばあちゃん、もったいないし、お湯のみに変えへん?」

「何言うてねんな。かまへん、かまへん。割れたら割れたときのことやがな。てっちゃ~ん。みんな~。冷たいお茶あるで~」

おばあちゃんが呼びかけると、玉のような汗をふりまきながら日に焼けた男の子たちがお盆めがけてわらわらと集まってきました。我先にと手をのばします。爪先も手の甲も、泥でまっ黒に汚れた手で。

(その手でグラスをさわるんか)と、わたしはひとり心配したほどです。

「おれ、いっちばん多いのん、と~った!」

「うーっわ。ナオくん。それはないわ！　おれがねらってたのに」

「おれも、ちょーだい」

「おれも、おれも」

美しくならんでいたグラスの列はあっという間に乱れ、お盆は水浸しになりました。

「お茶なら、たんとぉある。おかわりしたら、ええから。ほれほれ、皆いっしょぃっしょ」

おばあちゃんの声など、かき消されます。

と。

案の定。だれかが手をすべらせグラスを落としてしまいました。

「い！」

落とした当人以外の全員が、息をとめ、後ずさりしました。

その瞬間。別の方向からもグラスの落ちた音が響きました。

「え？」

一瞬、すべての音が消えたかと思ったほど、あたりは静まりかえりました。

つぎの瞬間。おばあちゃんと男の子をまんなかに、もう一まわり、輪がひろがりました。

なんと、おばあちゃんまでもがグラスを落としたのでした。

「あ~らら、まあまあ」

すっとんきょうな声と、その言い方があまりにもおかしかったので、わたしたちは皆、とめた息をふきかえしました。

「どもない。どもない。形あるものはこわれるが常」

おばあちゃんは歌うように言い、ほうきで破片を集めました。グラスを割った男の子と弟は、台所からおなじグラスを持ってきました。それを見た子たちが口々に言いました。

「すげえ。また、おんなじコップ、おんなじコップや」

「すげえ。おんなじコップ、どんだけ、あんねん」

おばあちゃんは、ほがらかに、にこやかにこたえるのでした。

「そやでえ。そやし、トシくん、だいじょうぶ。割れても、気にせんかて、ええんやで」

何事もなかったかのように男の子たちは勢いよくお茶を飲み、飛び出していきました。

夏の終わり。グラスの数は元にもどっていました。おばあちゃんの言ったとおりです。

わたしには、グラスが減らない理由が、見当もつきませんでした。

さて。それから十数年がたちました。大人になったわたしが職場でお客様からお菓子をいただいたことがあります。箱を開けると、プリンが六つならんでいます。

なんと、なつかしのグラスではありませんか。

そうだったのです。水屋にあったグラスは、神戸の洋菓子店のプリン容器だったのです。

謎がとけた瞬間でした。

それにしても、あれほど多くの容器があったというのに、家でわたしはプリンを一度も食べたことがなかったとは。どのような経緯でプリンが我が家にきたのかは、さておき、どのような経緯で中身がなくなったのかは合点がいきました。


あれから二十五年がたちました。

食器棚のかたづけをしていると、おなじみのMのグラスが次から次へと出てきました。

量もさることながら、意識もせずに買い続けていた自分に、おどろきました。

「歴史が繰りかえされる」のは、案外こんな小さな無意識から端を発すのかもしれません。

小さな発見が大きな謎解きにつながった今年の夏のある一日でした。

欲と道連れ

「欲と道連れで行こぉかいなあ」

あれはいつのころだったでしょうか。おばあちゃんについて、あるお家に行きました。大きな柿の木がある農家。訪いを告げると、おばさんは裏で柿を仕分けているところでした。

「うわ〜、いっぱいや!」

思わず声をあげると、おばさんは手を動かしたまま、わたしに言いました。

「ともちゃん。ぜんぶシブやで。それでもかまへんのやったら、持ってかえる?」

おばあちゃんをちらりと見ると、おばあちゃんは顔を近づけ、小さな声で言いました。

「おばあちゃんは持たれへんえ。かえったらすぐに皮むいて干さんならんのえ。

いっとき（一度）にせな、あかんのえ。いやになった言うて、途中でやめられへんのえ。

それでも、もらうん？　よし。ほな。

奥さん、えらいすんませんなあ。この子持てるだけ、わけとくれやさしませんやろか」

わたしは、二人の顔をみくらべながら、詰められるだけの柿を袋に詰めこみました。

家路。歩き始めて数分もたたないうちに両手がしびれてきました。「うっ」とお腹に力をこめ、両手を少し持ち上げて手のひらを少し開いてみました。案の定、袋が手に食い込み、真っ赤になっています。ちらりとおばあちゃんを見ましたが、おばあちゃんは素知らぬ顔。しかたがない。脇をしめながら、ものも言わずにおばあちゃんの後ろをついて歩きました。

「欲と道連れで行こぉかいなあ。はらうダイショはおーきぃなあ」

おばあちゃんは歌でも歌うように口ずさみ、家につくまで繰りかえしました。

帰ったらお茶も飲まずにおばあちゃんと柿の皮をむきました。手がしびれているうえに柿を持つ手はすべります。わたしが一つむきおわるまでに、おばあちゃんは三つも四つもむいていきます。むいてもむいても柿は減りません。終わったと思ったら、今度はたこ糸で結えなければなりません。

「あ〜あ。欲と道連れかあ」

ため息とともに、つい、ぽろりと弱音をはいてしまいました。

「そぉやなあ、欲と道連れや。はらうダイショは大きいなあ」

「なあ、おばあちゃん。ダイショって何なん？」

「運ぶん重かったやろ？　皮むくん大変やったやろ？

手間と時間。これ皆、ダイショや。代わりの償いって書くんや。辞書で調べてみ」

「はあ。もう、ぜったい、欲出さんとこ」

「ともちゃん。欲出さんで生きていけるかいな。その分ダイショ引き受けたらええだけや。

ま。そのうち。見分けられるようになるわ。自分の欲の大きさと出してええ欲わるい欲」

「もうええ。おばあちゃん、もう言わんといて。出したらあかん欲やったんや。大失敗や」

「ともちゃん。大失敗や、あるかいな。今日の一番うれしいや。こないして、ともちゃんといっしょに干し柿つくれたん、万々歳やわあ。はらったダイショだけのことはあるわ。

これでおいしかったら最高やな。いやあ、楽しみ楽しみ」

干し柿がどうなったのか。食べたのか食べなかったのかさえ、わたしは覚えていません。ただ。

あのときの柿が重すぎたこと。歯を食いしばりすぎて下唇が血でしょっぱかったこと。柿がきらいになってしまったことは、わたしの欲の代償であったに、ちがいありません。

先日。朝市で野菜を買いました。あれやこれやと買ったはいいが、重さをさほど感じなかったのは支払いをすませるまでの間だけ。

帰り道、あのときの柿の重さをまざまざと思い出したほど野菜は両腕に重くのしかかりました。家にたどりついたとき手が震えて鍵があけられません。帰ってすぐにとりかかるはずだった野菜の下ごしらえは、とうとう夜になってしまいました。

いつもあとから気づく自分に嫌気がさします。買った野菜に罪はないのに。

ようやく、今度こそはおなじ過ちをくりかすまいと気持ちをきりかえることができたころ、大発見をしました。上の句下の句入れ替えて、自分に聞いてみればいいのでないかと。

「はらうダイショはおっきぃが、欲と道連れで行くかいな?」

ヤッコサンソボゴナン

大学に入学した年の五月、おじいちゃんおばあちゃんを大学に案内したことがあります。わたしは一九歳でした。ものごころついてから、三人での、初めてのおでかけでした。お昼ごはん時になりました。

白い壁に木枠の窓、赤いギムチェックのカーテンがめじるしの洋食屋に入りました。入学したときから目をつけていただけあって満席のようです。わたしは二人に「流行りのお店やねんで」と、小声でささやきました。しばらく待つと一席空きました。小さな白いエプロンをつけた細くて目鼻立ちのはっきりした店員さんが迎えてくれました。その視線に値踏みされたように感じたのは気のせいでしょうか。案内された席に座ると、テーブルクロスが手にべたつきました。無造作に置かれたグラスはくもっています。

注文したオムライスはなかなかきません。やっときたかと思ったら、三つとも形が崩れていました。二人は「洋食なんて何年ぶりやろ。よかったね」と言うわりに箸がすすんでいるようには見えません。出された料理を残すのはありえないはずの明治男と大正女でさえ、しなびた野菜がドレッシングにつかったサラダに手をつけることはしませんでした。

食事を終え、おじいちゃんがトイレに立ちました。おじいちゃんは体調があまりよくなかったので、おばあちゃんが付き添っていきました。二人はなかなかもどってきません。ようやく二人がもどってきました。入れ替わるようにわたしがトイレに行きました。二人が手間取った理由がわかりました。嗅いだことのない花のにおいが充満するトイレは清潔とは言い難かったのです。

家に帰りました。お茶を飲みながら、わたしはぼやきました。

「あ〜あ。洋食屋さん、全然あかんかったなあ。ごめんな」

お茶をつぎながら、おばあちゃんが言いました。

「いやいや、楽しかったえ。ともちゃん。連れていってくれて、ありがとうなあ」

「え〜。ぜんぜんやん。味は今一やし、きれいじゃないし。店員さんはつっけんどんやし。

おまけに頼んでへんもんまで請求しようとするし。あ〜、また腹立ってきた」

「まあまあ、そないにアラばっかり並びたてなさんな。おおむね良好。楽しかったえ」

「え〜、そうかあ？　あ〜、せっかくのおでかけやったのに。あ〜。行って損した。あ〜」

「はいはい。もう終わり終わり。それ以上言うて、後味まで悪ぅせんでもええがな。

今日はともちゃんとお出かけした。何よりうれしい。ほんにええ日や、最高や」

おばあちゃんは湯のみを両手で包み込むようにしながら、目をほそめて言いました。

たばこをのみながら、おじいちゃんも言いました。

「こんな日がくるとはなあ。ともも数えで二十歳になるんか。二十年。早かったなあ」

二人がおだやかな物言いをすればするほど、わたしはイライラしはじめました。

見かけだけの店を選んだ自分、その店員さんに値踏みされたこと、高く請求されたこと。

洋食屋の何もかもに今日一日のすべてをぶち壊されたような気がしました。それなのに、
だまって受け入れただけでなく、よろこんでいる二人。わたしは腹立ちがおさまりません。

「なんで？　なんでそんなこと言えんの？　もう、最悪や、最悪。今日は最悪な一日やわ」

「とも。やめい」

おじいちゃんが灰皿に熱いお茶をかけました。じゅ、と音をたて、強烈なにおいが鼻をつきました。わたしは、息をとめました。

「つつしめ、とも。そしるな、ぼやくな、なじるな。とも。

ヤッコサンソボゴナンは家訓にはない。ついでに、〝最悪〟という言葉もつかうな」

おじいちゃんはそれだけ言うと、庭に出てしまいました。わたしは文字通り開いた口がふさがりません。お茶をすするおばあちゃんが、笑いながら、続きを引き受け言いました。

「ヤッコサンソボゴナン。人をやっかまない、こきおろさない。それと、何やったかいな。家訓や言うても、おじいちゃん、今さき、つくらはってんわ。ついていかれへんわなあ」

そ。そしらない、ぼ。ぼやかない、ごねない、なじらない、やったかいな。

庭を見ると、おじいちゃんはこちらのほうを向いて「ヤッコサンソボゴナン、サイアク。

ヤッコサンソボゴナン、サイアク」とつぶやいていました。なんだかおかしくなってきて、三人で笑いあいました。

おじいちゃんおばあちゃんを大学に案内した日は、「ソボゴナン」どころか「祖父も祖母もわたしもご難」な日となりました。

クセはくせもん（曲者）

おばあちゃんが亡くなって三年がたちました。

祥月命日に三回忌をおこないました。その一週間後、父が外出先で転倒しました。倒れたひょうしに頭を打ち気を失った父は、三時間後に発見されました。

あれやこれやを経て、父は退院し、今は自宅で日常生活を送っています。

わたしの暮らしは変わりました。一週間に二度、両親をたずねるようになりました。

そんなある朝、母と二人で話をしていたときのことです。「とうふの効用」について力説する母の言葉をさえぎるように、わたしが口をはさみかけました。

「お母さん。そ……」

「そやけど、何え？　とも」

母が言ったのは、まさにわたしが言おうとしたことでした。

「え？　お母さん。あたしが次に言うこと、わかるん？」

「とも。あんたは、わたしが何か言うたびに、いつも、〝そやけどな〟って言うやん」

「へ？　そんなん、言うてる？」

「言うてる、言うてる。あんたな、わたしの言うこと、最後まで聞いてくれたこと、あらへんえ」

「あたしが、お母さんの話を聞かへんやなんて、そんなことすると思う？　それよりさ、お母さんこそ、いっつも、あたしの話さえぎるえ。

そやけどなあ。言われてみれば、あたし、〝そやけどな〟ってよう言うてるかも」

「ほれ、今も言うたで。ほんまに、いっつも言うてるで。まあ、特にわたしのとき、よう言うなあ。小さいころ、あんたの話、ゆっくり聞いてやれへんかったからかなあ」

母は親指の腹でもう片方の手の甲をさすりながら、小さな声で言うのでした。

思いもよらない母の言葉でした。

そういえば、昔、おばあちゃんに言われたことがあります。

「ともちゃん。あんたは、人の話さえぎって〝そやけどな〟って言うクセがあるよなあ。おばあちゃんが思うにな、それは、あんたが母ちゃんともっともっと話したいがために、身につけてしもたような気ぃするねん。

そやけどな、それは家のなかではよそでは理解できてもよそでは通用せえへん。気ぃつけよしな。なくて七癖。クセってなあ、長い時間かけて身につくんやろなあ。味となって身ぃつくか。アクとなって身ぃつくか。ま。クセいうだけあって、ほんま、くせもん（曲者）や」

子どものころ、おばあちゃんによく言い聞かされたことだったので、気をつけては、いたのですが、母に指摘される今日の今日まで、気づかなかったとは。

四十年たっても小さいころのクセが抜けきれずにいるのは、今でも母と話を続けたいからでしょうか。少しでも長く。少しでも多く。

家に帰ったわたしが、娘にこの話をしたとたん。娘が堰を切ったように話しだしました。

「そやねん。そやねん。あたしも〝でもな〟って、すぐ言うてしまうねん。

もう三年も前やで。指摘されたん。中学三年生のときの担任の先生に言われてん。

うっわあ。そっかあ。お母さんの口グセやったんか。

もしかして。もしかしたら、あたしも、〝小さいともちゃん〟とおなじなんかなあ?」

気にも留めなかったことが、一番気になることになった瞬間でした。

それにしても。口グセでさえも代々継承されていくのはいかがなものか。味ならいいが、
アクは断ち切りたいものです。そうそう、おばあちゃん言っていたな。

「ほら、言うやろ。親しき仲にも礼儀ありって。大事な人ほど眼ぇみて口閉じて話する、
人の話をさえぎらへん」

「眼ぇみて口閉じてたら、話なんてできひんわ」

と、いぶかるわたしにおばあちゃんはこうも言うのでした。

「こころがけやがな、こころがけ。それな、紙に書くねん。もうそれだけで、頭やのう
て身体に沁みいくえ。そやって、クセは、時間かけて地道になおしていくしか、ないな。

ま。なんて言うたかて、くせもん(曲者)なんやから」

今日は十二日。とうふの日。おばあちゃんの月命日です。

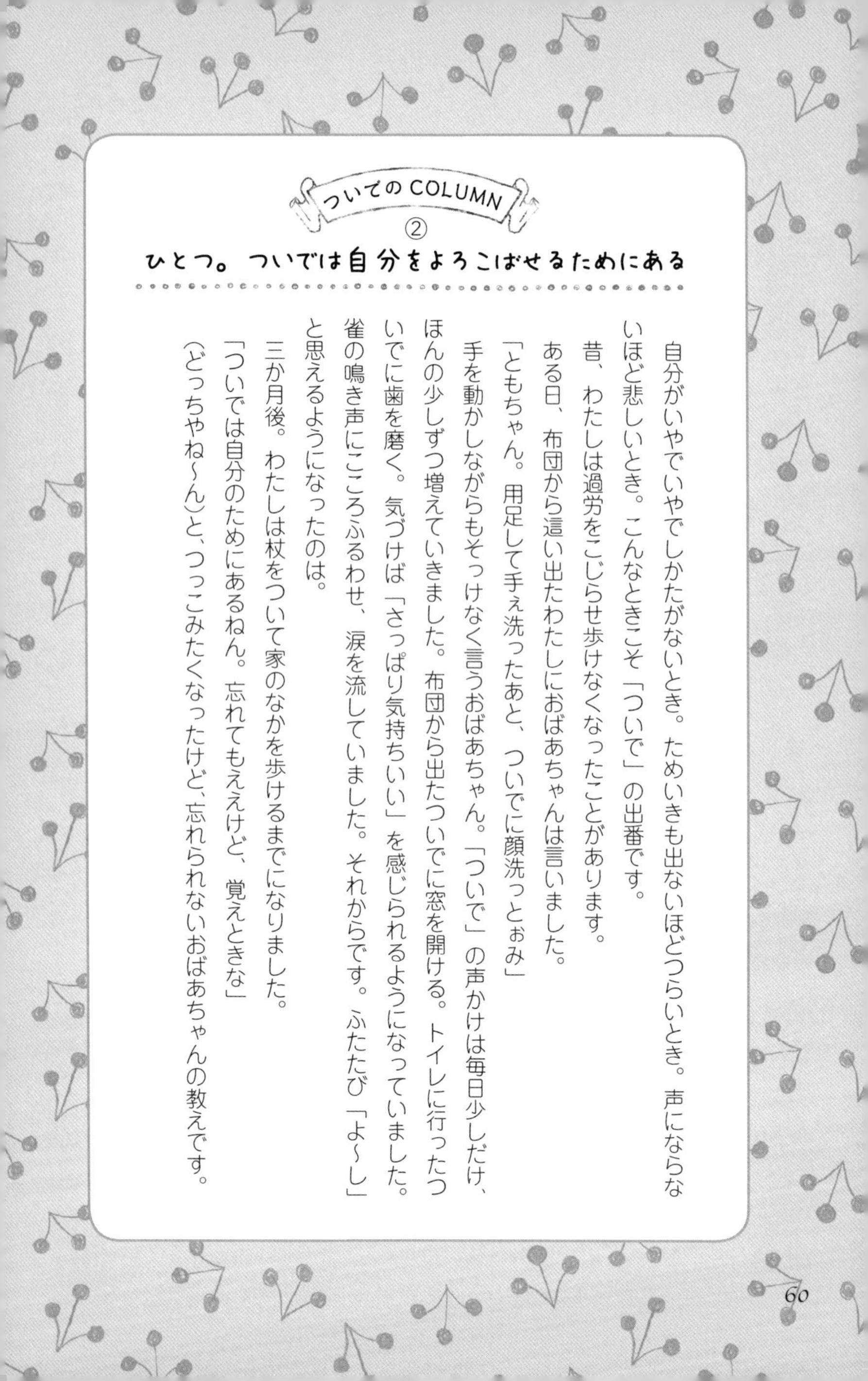

ついでのCOLUMN

②

ひとつ。ついでは自分をよろこばせるためにある

自分がいやでいやでしかたがないとき。ためいきも出ないほどつらいとき。声にならないほど悲しいとき。こんなときこそ「ついで」の出番です。

昔、わたしは過労をこじらせ歩けなくなったことがあります。

ある日、布団から這い出たわたしにおばあちゃんは言いました。

「ともちゃん。用足して手ぇ洗ったあと、ついでに顔洗っとぉみ」

手を動かしながらもそっけなく言うおばあちゃん。「ついで」の声かけは毎日少しだけ、ほんの少しずつ増えていきました。布団から出たついでに窓を開ける。トイレに行ったついでに歯を磨く。気づけば「さっぱり気持ちいい」を感じられるようになっていました。雀の鳴き声にこころふるわせ、涙を流していました。それからです。ふたたび「よ～し」と思えるようになったのは。

三か月後。わたしは杖をついて家のなかを歩けるまでになりました。

「ついでは自分のためにあるねん。忘れてもええけど、覚えときな」

（どっちやね～ん）と、つっこみたくなったけど、忘れられないおばあちゃんの教えです。

第3章　子どものええとこ、見て暮らそ

些事（さじ）あなどるなかれ

わたしが、中学生になる前、春休みのことです。

ある朝、おばあちゃんに夕食の食材の買いだしを頼まれました。お昼から買い物に行くと返事したものの、朝から始めた机周りの片付けは日が傾いても終わりそうにありません。買いものに行くのがだんだん面倒に思えてきました。なんと言って断ろうか……。

ぐずぐずしているうちに四時半をまわってしまいました。買いものに行って帰ってくるには四十分はかかるでしょう。五時までにすませないと、つくるおばあちゃんに迷惑をかけるのは明らかです。それでも、わたしの重い腰は上がりそうにありません。「もう買い物に行かなくてもいいよ」の言葉をほのかに期待しつつ、おばあちゃんに言ってみました。

「おばあちゃん、ごめ〜ん。やっぱ、買いもん行くん五時からで、ええ?」

すると、おばあちゃんは、心底困ったような顔をしました。

「ともちゃん、そりゃ困るわ。晩ご飯六時にでけへんがな。そやし、朝から頼んでたやろ？

あんた、お昼食べたら、すぐ行く、言うたがな」

「そやけど。やっと片付けがのってきてんもん。今やめたら、どないもこないもならへん」

「それは、あんたの勝手やないの。そやし、早めに頼んでたのに。

ともちゃんが買いもん行くん遅なったら、晩ごはんが遅ぉなるだけや、あらへんのえ。

茶碗の片付けも、お風呂も遅ぉなる。そしたら、なんやかんや、ずれてきて、明日にまで
響くんえ。おばあちゃんが朝から頼んでたんは、それもこれも含めて、あんたがあんたの
都合で動きやすいようにて思ぉたからやねんで。おばあちゃんは尺をもって頼んだやろ。

あんたが約束した五時までにでけへんのやったら、頼まれたときに、そう言わなあかん。

引き受けたからには、とっとと、片、つけな。刻限ぎりぎりの今になって、それはないわ」

　小学校を卒業したとたん、おばあちゃんのお小言は日に日に増えていきました。わたし
が辟易しようが動じません。淡々とおなじことを繰りかえしました。

なぜ、それをしなければならないのか。

なぜ、それをしてはいけないのか。

おばあちゃんは、わたしに言わせると、「しんねりこんねり」言うようになったのです。

一言で言うと、話が長い。

「ともちゃん。あんたにとったら小さいことでもな、頼んだ側にとったら、大きいことなんやで。返事したことは引き受けたっちゅことや。よほどのことがない限り、まっとうせなあかん。信用にかかわるんや。大人も子どももおんなじ。約束は約束や。

家では大目にみてもらえるけどな、よそでおんなじことしてみ。この人にはもの頼めん、って思われるんやで。お商売なんぞしてたら、お客さん、さ～とひいていかはるえ。店がつぶれるほどの大ごとなんやで。

ものごとを頼む、ものごとを引き受けるってな、基本の基の一。

頼みごとが小さけりゃ小さいほど、大事なことなんや。些事こそ大事。大大事(おおだいじ)」

つい先日まで素直に聞いていたわたしは、日に日におばあちゃんの話を疎ましく感じるようになりました。自分の行いをただすことは、なかなかできませんでした。

おなじことを何度も何度も、言われました。

それでも、なぜか、父や母から言われると反抗心がわき起こるのに、おばあちゃんから言われると、きっとそうなんだろうな、と、納得できるのでした。

我が子の年齢が十代後半になって、はじめて気づいたことがあります。おばあちゃんのお小言と、父や母のお小言、ちがいがあったとするならば、おばあちゃんは逃げ道をつくってくれたことではないか、と思うのです。

おばあちゃんは「しんねりこんねり」言ったあと、「選びあり」をつけたすことを決して忘れませんでした。

「あんたかて、何もわざとしたわけやないことは、わかってるえ。刻限までに済ませよぉ思ぉて、あんたはあんたの段取りで一生懸命やってたんやろぉな。

なあ、ともちゃん。こないしよ！〝選びあり〟や。三つから選びよし。

一番。ともちゃんが今から買いもん行く。いつもとおなじでおばあちゃんが晩ご飯つくる。あんたの足やったら半時もかからんやろ。今から行ってくれたら、晩ご飯はなんとか六時に間に合わせる。そやけど、あんたは片付けを一旦中断せんならん。

二番。おばあちゃんが今から買いもん行く。代わりにともちゃんが晩ご飯つくるねん。おばあちゃんは歩くん遅いし、帰ってから横にならな、身ぃもたへん。そやし、あんたがごはんをこしらえる。事情は、あんたから皆に言わんならんがな。

三番。買いもんに行かへん。今日の晩ご飯はおつゆとご飯だけ。お菜はなし。あんたは片付けを中断せんで、すむ。ただし、みんなには、あんたから謝らなあかん。

〝選び〟ありや。さあ、どないする？　ともちゃん」

わたしが片付けを中断し、買いものに行ったのは言うまでもありません。どう考えても、そうすることが一番面倒でないことぐらい、わかりきっていたのですから。


さて、現在。

あの当時を思い出さずにはいられないほど、わたしは、毎日、娘と息子に口やかましくおなじようなことを言っています。そのたびに、子どもたちから言い返されます。

「お母さん。些事ってなんやのん？　それ、また、おばあちゃんの受け売りちゃうん」

「そんなこと言うお母さんは、どうなんよ？」

「どうも、お母さんの都合のいいように、お母さんが言うてるだけのような気がする」

子どもたちに見透かされても、ぱしっと言いきることができないのは、わたしがこころのどこかでうしろめたさ、あるいは、引けめを感じているからかもしれません。

自分のことを棚にあげながら、子どもたちにえらそうなこと言えないよな、と。

「些事は大事。頼むほうは尺をもって頼むこと。引き受けたほうは早めに片をつけること」

おばあちゃんの言葉はわたしの頭にあるだけで、いまだにわたしの身についていません。

そう。わたしは些事をあとまわしにするクセを、いまだにただせずにいます。いつも、タイムリミット直前に「些事の山」に押しつぶされそうになりながら、そこから派生したしわ寄せを夫や子どもに押しつけ、なんとか日々をしのいでいるのですから。子どもたちが反論するのも無理もないこと。

ただ一つ。わたしの身に沁みついているとしたら、「選びあり」という言葉だけです。

それさえも、子どもたちには「いいよ。何も選ばない。〝選びなし〟でいいよ」と言い返されるしまつです。そのたびに、うろたえるありさま。逃げ道をつくることなど、言うにおよばず。ああ。わたしの親としての修行はまだまだ続きそうです。

一番大事をおろそかにしない

おばあちゃんの晩年。わたしは、週に一度、施設にいるおばあちゃんを訪ねました。

何かしら手仕事を持っていきました。認知症のおばあちゃんの脳の活性化というよりは、おばあちゃんと話をしながらだと手仕事がはかどったからです。家での手仕事が減るうえ、少しでも長くおばあちゃんと一緒にいられます。まさに一石二鳥でした。レシート整理や繕いもの、書類整理など、わたしの小さな手仕事は予想以上に、はかどりました。

娘が中学生になった、ある年の四月。

書類を持っておばあちゃんを訪ねました。我が子にまつわるあれこれを記入し、学校へ提出しなければならない家庭調査書でした。仕事で帰りの遅い夫と話し合う時間が限られていたため、記入できる箇所を少しでも先にうめておこうと思ったのです。

おばあちゃんは、私の手元の書類をのぞきこむように首をのばしながら、聞きました。

「それ、何え?」

一枚ずつ見せながら、わたしはこたえました。

「モモの調査書。学校に提出しなあかんねん。小学校のときは、さくっと書いて、終まいやってんけどな。中学生になったら、大変や。

子どもの性格。家での生活。学外活動。家庭の教育方針。学校生活に望むこと。担任や学校に期待すること。えらい、いっぱい書かんならん。まずは、モモの性格か……」

「モモちゃんの性格なあ。あの子はあんたと似て、一を聞いて十を知る子やなあ」

「一を聞いて十を知る、か。うん、そやな。モモは気が利く子や。

なあ、おばあちゃん。ほな、短所はなんやと思う?」

「あんたと似て、一を聞いて十を知る」

「それ、さっき言うた長所やん。なあ、おばあちゃん。モモの短所、何やと思う?」

「一を聞いて十を知る」

「長所と短所がおなじなん? 何か、へんちゃう?」

「長所と短所、もとはおんなじやて思うがなあ」

「へ？　そうなん？　知らなんだ」

「ときと場合によるけどな。ええようにでたら長所やろし、裏目にでたら短所やろ？」

「そぉか。ほな、長所は気が利くってことで、短所は先回りしすぎるってことかもしれん」

「まあ、あんたらのお子や。二人で、よう考えとぉみ」

おばあちゃんと話をするうちに、帰る時間になりました。

「おばあちゃん、また来るわ。あくしゅでバイバイ、また来週」

いつものあいさつを交わすと、おばあちゃんは思いついたように大きな声で言いました。

「あんなあ、ともちゃん。人のええとこ見て暮らそ、やで」

「うん。わかった。人のええとこ見て暮らそ、やな」

「そやで。人のええとこ見て暮らそ、やで。

あんなあ、ともちゃん。あんたは、子たちのええとこだけ見てやったらええと思うで」

「わかった！」

エレベータにのる直前、おばあちゃんの最後の一言が気になって聞きなおしました。

「なあ。そんなんしたら、親に都合のいいとこだけ見せる子になるんちゃう?」

「だいじょうぶ。モモちゃんゲンキちゃんのええとこ見てたら、あんたの頬がゆるむ」

「んが?」

「子どもにとってはな、お母ちゃんがやわらかい顔してるだけで、それだけでうれしい。よしがんばろう、ってなるんや。

なあ。ともちゃん。親のできることなんて、しれてる。しれてるからこそ、一番大事を大事にしいな。書類も大事かもしれんけど、一番大事なこと、おろそかにせんようにな。ほな。今日はありがとうさん。今度こそ、あくしゅでバイバイや。また顔見せてや」

おばあちゃんは諭すようにわたしに言ったのでした。その口調は、現役時代そのものでした。帰り道。おなじ言葉が、頭のなかをうずまきました。

わたしにできることとって?

一番大事って?

夫と二人で三晩かけて書きあげた調査書のコピーは、今も手元に残し、時折ながめています。「親にできること」「一番大事」を、二人で話し合ったことを忘れないために。

また

子どもたちがまだ小さいころの夏休み、実家に一週間滞在したときのできごとです。雨が降ったため、乾燥機を借りて洗濯ものを乾かしていると「ぱっちーん」と大きな音をたて乾燥機がとまってしまいました。あまりの音にわたしはしばらくその場を動けなかったほどです。おそるおそる乾燥機に近づきました。外観は問題がないようです。そろりと扉を開けようとすると同時におばあちゃんが台所に入ってきました。洗濯機と乾燥機は台所わきにあるのです。

「ともちゃん。えらい音したなあ。心臓とまるかと思ったなあ」

「なんか乾燥機こわれたみたい」

「あれあれ。まあまあ。においは、ないな。火事にならんかっただけ、ましや」

おばあちゃんとそんなやりとりをしていると、父が二階からおりてきました。

「おい、今、すごい音せえへんかったか？　どないしたんや？」

「ん？　乾燥機こわれたみたい」

「お？　また、おまえか」

「また、って何よ？　またって」

「ともは、ものの扱い、荒っぽいからなあ。おまえ、また、こわしてんろ？」

「ちょっと待って、お父さん。その言い方は、ないんちゃう？」

「ともが使ってるときに、こわれたんやろ？　やっぱり、ともがこわしたんやないか」

わたしは、父の言う「また」を聞くと、むしょうに腹が立ちました。子どもたちが横にいるのもおかまいなしに、父に言葉をぶつけました。

「もう、お父さん。『また』『また』言わんといて。人を犯人扱いして。いっつもわたしが悪者なん？　なんで、そんな言われ方されな、あかんの？　あたしが何したって言うの」

「何やと？　わしが悪いんかい？　こわしたおまえが悪いんと、ちゃうんかい」

こたえる父は、顔も言葉も険しくなっていきます。

「はいはい、お二人さん、そこまでぇ。はいはい、ストップストップぅ」

おばあちゃんが、両手を広げて父とわたしの間に入ってきました。

「さあさ、終わりや終わり、もう終わり。乾燥機は寿命。

父ちゃん。この子はな、小さいころから、あんたら二人に『またあれした』『またこれした』って言われるたびに気落ちしてたんや。それが、いまだに尾ぉひいてるんや。

ともちゃん。あんたも、もう親になったんや。人のふり見てわがふり直せ、や。今度は、あんたが『またまた』言わんようにしたら、ええだけのこと。これはこれで、おしまい。

よし。モモちゃんゲンキちゃん。おばあちゃんといっしょに、家のなかで洗濯もん干しごっこしよか！　まずは、なが〜いロープをさがしに一緒に探検しよっ」

ふりかえると、部屋の隅で二人の子どもたちが、そろって耳に手をあてまばたきもせず、わたしと父を見ていました。二人はおばあちゃんに背中を押され部屋から出ていきました。

やおら、父が口を開きました。

「悪かったな。そんなに、いややとは知らんかった」

わたしは唇をかみしめながら、乾燥機の前に立ちすくんでいました。

さて、先日のわたしの誕生日。久しぶりに家族が夕食にそろいました。蒸し暑いからと、息子が気をきかせて自室から扇風機を持ってきました。ところが、扇風機は動きません。

「ゲンキ。また、こわしたんか?」

夫の何気ない一言に、息子の顔色が変わりました。父親を射るようにねめつけたあと、黙りこくりました。それを見た夫はふきげんに。娘はなんとも言えない複雑な顔。わたしは、急須をひっくりかえしてしまいました。

ほろ苦い思い出がむくむくと頭をもたげます。

自分がいやだったことは我が子には決してすまいと、あれほど、こころしていたのに。夫が息子に「また」と言っていたことに、今の今までわたしは気づかなかったのか。いや。もしかして。実はわたしこそが気づかぬうちに「また」を言いつづけていたのではないか。そうでなければ、あのがまんづよい息子が夫の一言でこんな顔をするはずがない……。

会話のない、ため息さえつけない、重苦しいひととき。

もう、金輪際、「また」と言うまい。もう、こんな苦い思いをするのはごめんだ。

わたしは唇をかみしめながら、水浸しのテーブルの下で、一心に手を動かしました。

しゃもじをわたす

つい先日、実家に行ったとき、久しぶりに父と母のつくる昼ごはんをいただきました。

「おいしいわあ。お父さんとお母さん、料理上手やなあ」

わたしが言うと、母は照れ隠しからか、

「誰かが自分のためにつくった料理は何食べてもおいしい。それだけのこと」

言われてみれば、母の言うとおりかもしれません。座っているだけで、でてくる料理。できたて、こころづくし、しかも好物ばかりです。なんてぜいたくなことでしょう。

「そやけど、お父さんとお母さん、こんだけ、ここさえるのに、ようケンカにならへんなあ」

「あんた、さっきから、どこ見てたん？　何、聞いてたん？　わたしらけんかばっかりえ。ものの置き場から、片付けの段取りまで、何から何まで正反対なんやから」

母は箸をとめて言いました。父は素知らぬ顔。わたしは二人の顔を見ながら言いました。

「あたしら夫婦がごはんつくったら、こないに、手早く、円満に、完成までいかへんかも」

「そんなこと、ないない。わしらかて、できるんや。君らにできんはずは、ない」

父が、小さくつぶやきました。

「そやけど、人それぞれ、やりかたがあるしなあ。使い方やタイミング、みんなそれぞれちがうから、うちは、みんなが台所に立つってだけで、てんやわんや、やわ」

「その点、おばあちゃんは、うまいこと立ち回ってはったなあ。あんたとてつが、台所に立つようになったとたん、さっと、ひっこんではったもんなあ。自分が食べたいもんだけ、さくっとこしらえて。父さんが退職したときには、はい父ちゃん！　て、しゃもじ、わたさはったし。わたしが退職したときには、もう完全に、主婦引退してはったし」

「そうなん？　おばあちゃん、そないに簡単に、あの台所、というか、あの水屋（食器棚）明け渡さはったんや。抵抗なかったんやろか」

「今となってはおばあちゃんの胸のうちはわからへん。そやけど。人さんのつくったもん食べれるやなんて、こないに幸せなことはあらへん、ってよう言うてはったわなあ」

父が顔をあげ、おもむろに口をひらきました。

「おふくろ言うてたな。しゃもじにしがみついてる場合やない、って」

うなづきながらも、母は続けます。

「たまに、ぼそっと言うてはったけどな。しゃもじ、早よ、わたしすぎたやろか、って」

「え？　なあ、お母さん。それどういう意味？」

「自分で言い出したものの、おばあちゃんなりに腑に落ちるまで大変やったんちゃう？なんて言うたかて、台所は主婦の城や。何から何まで自分の思いどおりに采配ふるってきはったおばあちゃんにしたら、それ手放すってことは、相当の覚悟いったと思うえ」

「そやけど、うちって、おじいちゃん以外は、誰もが使える台所やったやん」

「それでもや。実質、采配ふるってはったんはおばあちゃんや。毎日毎日、半世紀」

「そやなあ。ご近所つきあいから冠婚葬祭まで、おばあちゃんの独壇場やったもんな」

「そやからこそ、しゃもじ手放す、って、高らかに宣言しはったんかもしれんな。実は、自分に言い聞かせてはったんかもしれんなあ。こころの内は誰にもわからんがなあ」

いつのまにか、三人でおばあちゃんをなつかしむひとときとなりました。

家に帰りました。台所に目をやりました。わたしが采配をふるってきた台所。すべてのモノ、その置き場は、わたしの思うようにしつらえた結果です。このころ、なんとなく雑然と、感じるようになったのは、小さな出しっぱなしが散在しているからでしょう。

成人になった娘、高校を卒業目前の息子、夫、そしてわたしの四人が使うのですから、いたしかたのないこと。わたしだけが使っているわけではないのだから。

頭ではわかっているのに、なんとなく、しっくりしないのは、どういうことか?

あらためてじっくりと台所を見わたしました。食器棚の食器が所定の位置にないのは、わたしの考えた置き方が、誰かにとっては違和感があるのかもしれません。コンロの横に調味料が出してあるのも、土鍋にごはんがそのままなのも、台ふきんが、広げずに小さく折りたたんであるのも、すべて、誰かにとっては意味があるのかもしれません。

わたしは、今こそ、しゃもじを手放すことを本気で考える時期なのかもしれません。

良し悪しすべてを受け入れる覚悟をもって。

もしかしたら、それが、まわりまわって、子育ての仕上げにつながるかもしれないと、そんな考えが、じわりじわりと頭のなかにひろがったのでした。

たつのおとしごろ

そういえば、二十二歳のころ、友だちが結婚しました。彼女は友だちのなかで一番乗り。結婚式を前に、彼女の家にお祝を持っていきました。家のなかは、新しい家具がところせましと並べられ、座る場所もないほどでした。

うれしそうなおばさん、誇らしげなおじさんに対して、うれしいような困ったような彼女の表情が印象的でした。ひとしきり話をし、わたしは家路につきました。

（結婚ってなんだろう）

考えたこともありません。いつかは自分も結婚するんだろうな、とは思うものの、想像すらつきません。母がおなじ年齢には、わたしが産まれていたというのに。

家に帰ると、おばあちゃんが矢継ぎ早にたずねます。

「どやった、どやった？　かっちゃん、きれいになってはったんちゃう？　お家の人も、よろこんではったやろぉ？　ともちゃん、かっちゃんのお嫁入り道具見せてもろたか？」

「婚礼だんすがいっぱいあったわ。はい。これ、※おため」※京都の風習で、お返しの意
おばあちゃんは、わたしの差し出す紅白水引のかかった半紙とお干菓子をうやうやしく受け取り、お仏壇に供えました。お仏壇に向かって話し出しました。

「おじいちゃん。とものお友だちがお嫁にいくんですっと。この子も、もうすぐでっせ」

静かに祈っていたおばあちゃんは、ざぶとんごと急にくるりと、ふり向いたかと思うと、お仏壇を背に、わたしに言いました。

「ともちゃん。あんたもお嫁に行きとぉなったんちゃう？」

鼻にずり落ちた眼鏡の奥から、おばあちゃんの小さな目がいきいきとかがやいています。

「こりゃあ、大変やなあ。忙しなるなあ。ともちゃんも、もうすぐやなあ」

「おばあちゃん。何言うてんの？　悪いけど、あたし、まだ学生やで。結婚したかったら、おばあちゃんが、したら？　後家さんや。へへっ」

おばあちゃんの眼鏡がかくんと落ち、目のかがやきは一瞬で怒りをふくみました。

「あんた、じょうだんでもそんなこと、言いなさんな。ほんまにもう。人の気も知らんと」

「ごめん、ごめん。そやけどなあ、おばあちゃん。かっちゃん、うれしそうやなかったわ。なんや、えらいことになってしもた、みたいな顔してた。疲れてんのかなあ。結婚式までにすることがいっぱいありすぎるらしいわ。誰を呼ぶとか、呼ばん、とか。どんな料理にするか、引き出物はどうするか、とか。

そんなん、一つひとつを、だんなさんのほうとすり合わせていかな、あかんねんて。自分たちだけで決められたらどんなにいいやろ、って言うてたわ。親の思いも、お金もからんでくるみたいで。ありゃあ、大変やで。あたしは、ええわ。興味なし」

「そうか？　興味なしか。

ま。禍福はあざなえる縄のごとし、や言うしな。禍ぁも福もいっしょにやってくるわな。そらぁ、うれしいんとおなじだけ、しんどいこともあるわいな。結婚式は、その練習や」

「はあ？　そんなんやったら、あたしは、まっぴらごめんやわ。結婚なんて、せえへん」

「さよか。ほな、そうしなはれ。そやけどな。なんでも、みなおなじやで」

「はあ？　何が、どう、おんなじなん？」

「あんた、中学生のころ、早ぉ大人になりたい、言うてたやろ？　大人になったら、お酒ものめるし、たばこものめる。買いたいもんも買えるし、好きなことできるって」
「言うたで。それと結婚と、どう関係あるん？」

おばあちゃんが言うには、二十歳になると、たばこやお酒がのめるのと同時に選挙権があたえられ、責任が生じるのとおなじように、結婚も、好いた人と一緒に暮らせると同時に、好いた人の親兄弟に対する責任もいっしょに引き受けなければならないというのです。いずれにせよ、結婚するということは、親からほんわかと守られていた時代は終わり、禍も福も受けとる覚悟をしなければならないと、言うのでした。

はあ。

なんだか、現実をつきつけられたようで、考えるだけでしんどくなってきました。そのしんどさを引き受けてもなお、いっしょに暮らしたいと思える男性と、わたしは出会えるのでしょうか。窓ガラスに映ったわたしは、友だちとおなじ表情をしていたことでしょう。

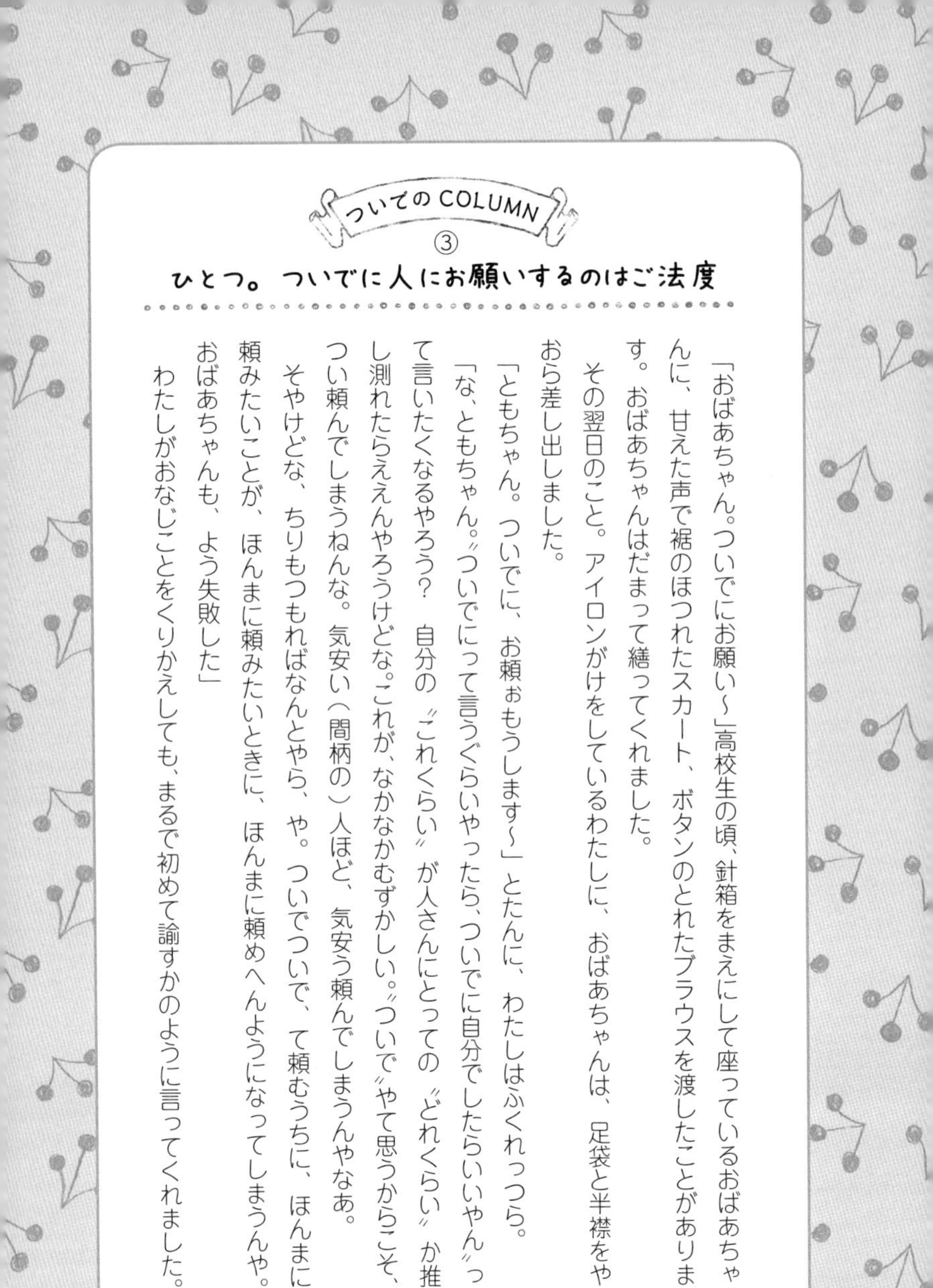

ついでのCOLUMN
③

ひとつ。ついでに人にお願いするのはご法度

「おばあちゃん。ついでにお願い〜」高校生の頃、針箱をまえにして座っているおばあちゃんに、甘えた声で裾のほつれたスカート、ボタンのとれたブラウスを渡したことがあります。おばあちゃんはだまって繕ってくれました。

その翌日のこと。アイロンがけをしているわたしに、おばあちゃんは、足袋と半襟をやおら差し出しました。

「ともちゃん。ついでに、お頼ぉもうします〜」とたんに、わたしはふくれっつら。

「な、ともちゃん。〝ついでにって言うぐらいやったら、ついでに自分でしたらいいやん〟って言いたくなるやろう？　自分の〝これくらい〟が人さんにとっての〝どれくらい〟か推し測れたらええんやろうけどな。これが、なかなかむずかしい。〝ついで〟やて思うからこそ、つい頼んでしまうねんな。気安い（間柄の）人ほど、気安う頼んでしまうんやなあ。

そやけどな、ちりもつもればなんとやら、や。ついでついで、て頼むうちに、ほんまに頼みたいことが、ほんまに頼みたいときに、ほんまに頼めへんようになってしまうんや。

おばあちゃんも、よう失敗した」

わたしがおなじことをくりかえしても、まるで初めて諭すかのように言ってくれました。

第4章　ちょいと寝ころんどぉみ

視点を変えて

小学生のころ、おばあちゃんと陶器市におでかけしました。

バスに乗り込むと、ちょうど座席が空きました。おばあちゃんは「ごめんやっしゃ」と言いながら、ちょんと座りました。バスは発車しました。

つぎのバス停に着きました。おばあさんが一人乗ってきました。あいにく、空いている席はありません。おばあちゃんは、「よいこらせっと」と立ち上がりました。

「奥さん、どうぞ。座っとくれやす」

「そんなん。奥さん。かましません。どうぞ、おかまいなく。すぐに降りますよってに」

「いえいえ、奥さん、座っとくなはれ。わたし荷物もあらしませんし、つぎ降りますねん」

「ほな、お言葉に甘えて。おおきに助かります。すんませんなあ」

一通りのあいさつがすむと、おばあさんは座り、おばあちゃんは立ちました。車内は静まり返っています。何事もなかったかのようにバスは動きだしました。

目的地である五条坂で降りたとき、わたしはなんだかむしゃくしゃしていました。

バス停のベンチに二人で座り、お茶を飲みました。おばあちゃんは手提げかばんから小さなびんとおちょこを取り出し、まるでお酒を注ぐみたいに麦茶を注いでくれました。

「ともちゃん。そないに、ふくれっ面してたら、色白美人が台無しえ」

「何もおばあちゃんが立たんかて、ええやん。おばあちゃんの隣に座ってたおばさん、寝たふりなんかしはって。ほんまにもう」

「何もあんたがよその人に腹立てることと、ないやないの。隣に座ってたおばさんが、あんたのお母ちゃんやったら、あんた、どない思う？　あんた、それでも腹立つか？」

「……」

「なんでも取りよう思いよう。それだけのこと」

はじめての陶器市から以後のことです。わたしが、車内で知らないおじいさんやおばあさんの目の前で座っている人を見かけてもモヤモヤしなくなったのは。

ゴミは小さく

その昔、わたしが子どものころ。実家では週に一度の木曜日が家庭ごみの収集日でした。家中のゴミをまとめ、袋にいれて家の前に出すと、ゴミを持っていってもらえます。

「ともちゃん、家のなかのごもく集めてきてくれるか?」

おばあちゃんの一声で、わたしは家中のゴミ箱から、ゴミを集め、ゴミ袋にいれます。

「ほれほれ、ともちゃん。ゴミ袋、ぎゅ〜って空気抜いとぉみ。もっと小(ちい)そならんか?」

「これで、いい? おばあちゃん」

「まだまだ、いけるえ。ほれ!」

おばあちゃんはわたしからゴミ袋を受け取ると、手やひざを使って、ゴミ袋の空気を抜いていきました。ごみ袋はまるで真空パックのように圧縮されていきます。

「これで、よし!」

「なあ、おばあちゃん。なんで、そないにゴミ小そぉするの?」

「袋代、浮くがな」

「それだけ? それだけで、ゴミ小そぉしてるん?」

「そやで。一年五十二週。あんた、袋代、いくらかかってるて思う? ごもくの大きさが半分になったら袋代かて半額ですむがな。うちだけや、あらへん。みなが小そぉしたら、ゴミ焼き場への往復少のぉてすむ。ほなら京都市の税金、ほかにまわせるがな」

「うち一軒がごみ小そぉしたくらいで、そんなん、変わらへんと思うわ」

「ともちゃん、あんた何言うてんの。自分がごもく集めて、自分のお金で、ごもく燃やすて思とぉみ。あんた、それでも、うちぐらいって思うか?

うちぐらい、で逃げてる場合やあらへん。できる人ができるときにできることをする。神さん、見てはるえ〜。さあて、来週はもっと小そぉするで〜」

ゴミの分別があたりまえになり、指定のゴミ袋まで出現した今。天国のおばあちゃんは、せっせせっせとゴミを小さくまとめるわたしを、どのように見ているでしょうか。

サバを読むのも芸のうち

夏休み。まだ五歳の娘モモと二歳の息子ゲンキを連れ、里帰りして三日めのこと。父とおばあちゃんに子どもたちを預けて一人で買い物に行きたいと申し出たとき、おばあちゃんは、快諾してくれたあと、わたしに聞いたのでした。

「それで、とも母さんは、いつご帰館ですかいな？」

「四時までに帰ってきます」

「ほんまに四時でええん？　ちゃんと、サバ読んでるか？」

「サバ？」

「時間多めにとっといたら、もし遅れても、互いに悲しい思いせんで済むやろ」

「そっか！　そしたら五時。五時に帰ってくるわ！」

「ともちゃん。遅くとも四時半には帰って、一息ついてから、子たちに顔見せるんやで」
「そんなん。帰ってお茶なんか飲んでられへんわ。子どもたち、待ってるやん」
「そやで。首長ぉして待ってやるえ、大好きなお母ちゃんを。
そやさかい、一息いれて、気ぃきりかえて、子たちに向かうんやがな。
とにかく、子たちは庭で遊ばしとくから。あんたは見つからんように台所に直行しよし。
なんぞ水屋に甘いもん置いとくし。顔見せるんは、それからや。ええな、わかったな」
おばあちゃんの言うとおり、わたしは四時半に帰宅しました。台所で足を投げ出し、お
まんじゅうとお茶で一息つきました。荷物の整理をしてから子どもたちに「ただいま」を
言おうと立ちあがったとたん、物音を聞きつけた息子が台所に入ってきました。
「あ〜。おかあしゃんや〜。おかあしゃん、おかあしゃん」
足元にへばりつく息子。声を聞きつけた娘も機関銃のように話します。おばあちゃんは
ニヤっと笑い、わたしたち三人の前に、取り込んだ洗濯ものを、そおっと置くのでした。
このときからです。わたしが時間のサバを読むようになったのは。子どもたちが大きく
なった今となっては、まったく通用しないどころか、逆に、サバを読まれていますが。

ちんまいやりくりの行く末

小学生になった子どもたちを連れ一週間の里帰りをしたことがあります。

ある朝のこと。

朝食の後片づけをするため、わたしは、子どもたちに声をかけました。

「モモは、なおす（片付けて）もん、水屋になおして。ゲンキは、お運びたのむで」

娘のモモは醤油差しや箸立てを食器棚に片づけていきました。息子は食器を運びます。

「それ終わったら、モモはごはん移し替えて。ゲンキはおかずにラップしていって。

あ～、ゲンキ～。ラップ出し過ぎちゃう？　そんなに出したら、もったいないやん」

わたしからのいきなりの指摘で息子の手元はさらに狂いました。ラップが箱からおどり出ます。半べその息子に、わたしはさらにたたみかけて言いました。

「ほら〜。ゲンキ〜。ラップ、コロコロころげて。もったいない、もったいない。ラップ使いすぎたら、どんだけ安ぅ買おても、意味ないやん。ほんまに、もう〜」

　すると、おばあちゃんが、急に大きな声で子どもたちに言いました。

「モモちゃん、ゲンキちゃん、お手伝いありがとうさん。おばあちゃん、うれしいわあ。お二人さん、そろそろ歯みがいておいで。おばあちゃんと、いっしょにあそぼ」

　子どもたちはそろって洗面所へ駈けだしました。おばあちゃんは鍋を洗うわたしの顔をのぞきこみ、静かに言いました。

「あんなあ、ともちゃん。男と女はちがうねん。それぞれに得手不得手があるんや」

「だから何？　昔、おばあちゃん教えてくれたやん。水も電気もティッシュもラップも、使うんを割り引いたら、ええって」

「あれは一家の主婦であるあんたに言うたまで。それをそのまま子どもに押しつけるとは」

「あかんの？　ええこと教えてもろたって、あたし、目からうろこやったのに」

「男の子にちんまい（小さい）こと、言いなさんな」

「へ？」

「あんた、よもやタカさんにも、そないして、ちんまいこと押しつけては、いまいな？」

「毎日言うてるで。電気消して、水とめて、って」

「はあ。こりゃ、おばあちゃんの片手落ちやった。あんなあ、ともちゃん。男にやりくり求めたら、あかん。やりくりは、おなごのすること」

「へえ、そうなん？」

「男と女は目のつけどころがちがうねん。それをやな、おなごの目線でおなじこと押しつけとぉみ。男はたまらんで。きゅうくつでしゃあない。

まあなあ。今のご時世、男や女や言うんは、古いんかもしれんがな」

「うん」

「なあ、ともちゃん。その子の性質（たち）に合ぉたこと見っけてやったら、ええんちゃうかなあ？

そのうちに、自分で工夫しやるし、自分のできるところ、ひろげて、見つけていきやるわ。

ふふっ。ほれ見とぉみ。ゲンキちゃんはええもん、もってるがな」

おばあちゃんが指さした方を見ると、食器は、ゲンキ仕様できちんと並べてありました。

貨物列車を見立てたかのように、種類ごとに。高さごとに。大きさごとに。

「ま。ゲンキちゃんにちんまいこと言いすぎて、委縮させせんようにな。それだけや」

「はい」

「よし！　ほな、あと、お茶碗たのみまっせ」

おばあちゃんは、言うだけ言うと、台所から出ていきました。

「よ〜し。お二人さ〜ん！　歯みがいたら、おばあちゃんと洗濯もん干しごっこしよか」

「おばあちゃんも、洗濯もん干しごっこ、知ってるん〜？　うちといっしょや！」

「ぼく、くつした干しやん、するで〜」

温度が二度さがったような台所で、庭から聞こえる子どもたちのはずんだ声を聞きながら、わたしはひとり、一列に長く長く並べられた食器を横目に、鍋を洗い続けました。


あれから十年。娘は大学生に、息子は高校生になりました。自分の洋服の洗濯や部屋の掃除をぞんざいにする一方で包丁研ぎだけは毎週欠かさずていねいにする息子を、天国のおばあちゃんはどんなふうに見ているでしょうか。水やラップを勢いよく使う夫や息子に対し、やっぱりちんまいことを言いそうになるわたしをどんなふうに見ているでしょうか。

ペンは剣よりも強し

十五年も前のこと。歳末に、おばあちゃんにポロリとぼやいたことがあります。

「なあ、おばあちゃん。あたしさ、お金のことにキリキリしてるの、アホらしなってきた。

ちびちびちびちびちび、鉛筆の太さの水でお茶碗洗てる横で、景気よぉ水ジャージャー流しながら歯ぁみがかれたら、たまらんえ」

「そりゃあ、あんさんも、ひと工夫いりますわいな」

「そやから、紙に書いて貼ってるねん。歯をみがくときは水をとめましょう、って」

「それで、だんなさんは、あんたの言うこと聞かはるか？」

「聞いてたら、こないしておばあちゃんにグチってへんわ」

「ともちゃん。あんたな。そりゃあ、タカさんかて、おんなじこと思ぉてはるえ」

「え？　水ジャージャー流してるタカが、あたしとおなじこと思てる、ていうの？」

「あんたが不満に思うとおなじだけ、相手も不満に思ぉてる、ちゅうことや。なくて七癖。みんな、それぞれクセがあるねん。タカさんは水ジャージャー流してはったとしても、ほかで節約してはる。水では目くじら立ててるあんたは、どっかでどかんと無駄遣いしてるま。不満でもなんでも紙に書いとぉみ。まずはそれからや。ペンは剣よりも強し、やで」

家に帰って、思うことをつらつらと書き出してみました。

どうやら、わたしの不満は水が原因ではないようです。もしかして。不満ではなく不安？たどりつけそうで、たどりつけない何かを求めるように、わたしは紙に書き続けました。もやもやしていたのは、私だけではありませんでした。夫もいろいろと思い悩んでいたことを知りました。二人で本気で本音で話し合いました。

その三年後のことです。家族四人で京都をはなれ、千葉県に行くことにしたのは。

小さなグチがこんなに大きな転換になろうとは思いもよりませんでした。それよりも、紙に書くことが、こんなに大きな力になるとは思いもよりませんでした。

おばあちゃんの一言は、剣よりもペンよりも強かったです。

まめくそ

「ともちゃん、あんた、お礼状書いたか？　入学のお祝いもろてんろ？　今日中に全部書いてしまうんやで」

「う〜ん。そやけど〜。いっぱいもろてん……。十軒くらいある。大変や……」

「あんたなあ、お祝いもろといて、そないなこというもんちゃうえ。ご飯も食べんでええ。お風呂なんか入らんでも、死なへん。とにかくお礼状書きよし。書かへんにゃったら、もらう資格あらへん。おばあちゃんが全部もろたげる」

「…は〜い」

返事はしたものの、じゃまくさいな、と思いました。あれは、三十五年も前、わたしが高校に入学して一週間めのことでした。

「どれどれ。おばあちゃんも、ともちゃんといっしょに書こぉかいな」

おばあちゃんが、便箋と封筒を持ってわたしの部屋に入ってきました。

「ほれほれ。便箋と封筒なかったら書かれへんやろ」

わたしに封筒だけ渡します。

「ほれ、ともちゃん。まずは、あんたの住所と名前書いとぉみ」

「え？」

「一番に差出人。あんたの名前や。ほれ、書いとぉみ。自分の名前。気ぃいれて書くんえ」

しぶしぶ、十数枚の封筒を裏向けて、自分の名前と住所を書きました。隣に座ったおばあちゃんも、おなじように封筒に自分の名前を書いています。二人とも無言。お寺で、二人のすがたを見たら、きっと写経をしているように映ったことでしょう。

「どや？　書けたか？　ほな宛名、書こぉかいな」

わたしは、できるだけ、ゆっくりていねいに書き進めていきました。

「ともちゃん。名前書くときはな、その人の顔、思い出すねん。かつ子おばさんやったら、かつ子おばさんのこと、思ぉて、かつ子様って書くんや。そうそう、その調子」

書けました。十数軒分、なんとか書けました。

（ふう。中身書くんは、もっと時間かかるやろうな。やっぱり、じゃまくさいなあ）

便箋を手にしようとしたら、おばあちゃんに手を押さえられました。

「ちょい待ち！　ともちゃん。まだまだや。先に、切手や。切手、貼りよし」

舌をぺろぺろ出そうとしたら、これまた、おばあちゃんから待ったがかかりました。

「ほれ。おぜんぶきん、使ぉたらええ」

なんと、おばあちゃんは前掛けのポケットに、ゆるく絞ったふきんをビニール袋に入れてるではありませんか。この際だから、使わせてもらうことにしました。ふきんのきれい汚いはよしとして。切手をふきんに強く押しつけ湿らせて、封筒に貼っていきました。

おばあちゃんは、あ〜ああ、大きな欠伸をして、ごろりんと、うしろに倒れました。

「ともちゃん。ちょいと寝ころんどぉみ、ほれ。ええ風、くるえ」

「これから中身書かな、あかんねん。寝てなんか、いられへん」

「何もぐっすり寝るんとちゃう。一息いれるだけやがな。一息いれるとな、中身も一気に書けるんやで。ほれほれ、ごろ〜んと寝ころんどぉみ」

言われるとおりにするしか、ありません。うしろに寝ころびました。おばあちゃんは、寝たままの姿勢で続けました。

「ともちゃん、あんた今な、中身書くん、じゃまくさいなって思てるやろ？　そんなんで、お礼状書いても相手に響かんえ。ちょいと一息いれて、気ぃ新しゅうしてから、書くねん。それでやな、ええか、こないして、寝ころびながら、だいたいの文面、考えるんや。

〝前略　おじさまおばさま、お元気でいらっしゃいますか、お伺い申し上げます。入学して一週間、わたしは新しい高校生活にもそろそろ慣れてきました。あたらしい友達もできました。クラブはテニス部に入ろうと思っています。さて、このたびは入学のお祝いをいただきまして、ありがとうございました。大切につかわせていただきます。英語の辞書とテニスのラケットを買うためにつかわせていただきます。しっかり勉強してしっかり運動します。お正月にお会いする時には、少し成長したわたしを見ていただければうれしいです。では、お身体お大切になさってくださいませ。ありがとうございました。草々どや？　こころ、こもってるやろ？」

「おばあちゃん。お願い！　それ、もっかい言うて。メモする」

「ほれ。紙」

おばあちゃんは、かっぽう着のもう片方のポケットから広告の裏紙を出しました。

「ありがとう。おばあちゃんのポケットって、ほんま、なんでも出てくるなあ。ドラえもんみたいやなあ。

あ。おばあちゃん。ちびたえんぴつはいらんわ、ありがとう。自分のペンで書くわ」

「え〜っと。ほな、いくで。ああ。なんやったかいな？　ほれほれ、こないして、おばばは、すぐに忘れるからなあ。え〜。ほな、言うで。書きとめてや。

前略　おじさまおばさまお元気でいらっしゃいますか、お伺い申し上げます、と……」

「あー。書けたー！　おばあちゃん。書けた！　まずは一人分書けたー！

なあ、おばあちゃん。そやけど、みんなおんなじ文章でええん？」

「ええがな、ええがな。なんの問題あるかいな。みんなから、もろぉたお祝いで辞書を買うんやろ？　書くこと、おんなじになってまうがな」

（よし、一気に書いてしまお）

わたしは集中して書きました。

おばあちゃんの言うとおりでした。ごろんと寝ころんだからこそ、一息いれたからこそ、十数軒分も書けたのでした。

「ところでさあ、おばあちゃん。あたし、こないして書いてるけどさあ、おばあちゃん、そのまま、ごろりんて、寝てるやんなあ？　おばあちゃんは書かへんの？」

「へぇ？　なんやてぇ？　おばあちゃんは今、休憩中やがな。それはあんたの仕事やろ？　お祝い、あんたがもろてんろ？　あたしは、あと半刻もしたら、また気張らなあかんし」

わたしがせっせこせっせこ書いている隣で、おばあちゃんはいびきをかきはじめました。

思えば、おばあちゃんは、一番大変な「スタート」に、付き添ってくれたのでした。

「いやなことは、〝まめくそ〟にわけるんやで。それと、一気にせえへんこと」

「まめくそ」「まめくそ」

おばあちゃんは、つぶやきながら、いつも何かしら、手を動かしていたのでした。

家仕事、好ききらい

つい最近、大学生の娘におどろかれたことがあります。わたしは家事が好きではない、むしろきらいであることについて、です。

「え？　お母さんって、洗濯干すん、きらいやったん？　え？　ご飯つくるのも好きじゃなかったん？　いっやー。びっくり。そやけど、いっつも楽しそうにしてるやん」

わたしとしては、きらいで苦手なことほど、好きになるよう工夫をこらしてやってきただけのこと。そんなにおどろくことだったのか、と逆におどろいてしまいました。

娘に伝えるにはちょうどいい機会です。きらいなことをどのようにして好きにしてきたか、苦手なことをどのようにして得意にしてきたか、自分なりの小さな工夫を思い起こしました。

そのとたん、ある大きな事実を思い出したのです。わたしが、娘とまったくおなじことを、はるか昔、おばあちゃんに問うたことを。

そして、実は、おばあちゃんも家仕事がきらいだった、ということを。


「え？　おばあちゃんって、お針仕事きらいやったん？」

「そやで、きらいやで」

「そやけど、毎日楽しそうに、お針にぎってるやん」

「きらいやさかい、これ以上きらいにならんよう、やってるだけやがな」

「これ以上きらいにならんよう？　意味わからへん」

「あんなあ、ともちゃん。掃除も洗濯もお針もご飯つくるんもな、家仕事っちゅうもんは、じゃまくさい（面倒な）もんや。

やって、あたりまえ。やらへんかったら、目にあまるわ、手にあまるわで、もう、どんならん。やってもほめられへん。おまけに、終わりはない。

ともちゃん。じゃまくさいの連続が、生きてるかぎり、ついてまわるんやで。

そやさけ、おばあちゃんは大ごとになる前に、ちょっちょこ、ちょっちょこ先手先手でやるんやがな。遊びや思わな、やってられるかいな」

大学生の頃、はじめて知った事実。あのときの衝撃は忘れられません。

大好物で食べていたが、実はきらいだったの、と言われたぐらいの衝撃ぶりでした。何しろ、おばあちゃんは、いやなそぶり一つも見せずに家仕事に勤しんでいたのですから。

だがしかし。

今。自分を思い起こしてみると、そりゃそうだわな、と、うなずくことばかりです。

家仕事はやらなければ目にあまるし手にあまります。終わりはないし、一生ついてまわります。だからこそ、いかに時間と労力をかけずに、成果をあげるか。ゲームを攻略するように遊びの要素をみつけながら取り組まなければ、やっていられません。

洗濯物を干すついでの雑草抜き、用を足したついでのトイレ掃除、ふきんの熱湯消毒のついでのレンジ五徳洗いなど、わたしが毎日こまめに「ついで仕事」をおこなっているのは、大ごとにしないために、早めに手をうっているだけのこと。

ところが、動機はなんであれ、取り組んでいるうちに楽しくなってくるから不思議です。まさにおばあちゃんの言うとおりでした。

小さな達成感と小さな自信がついてきます。そのうえ単純作業であればあるほど、気がすとんと落ち着いてくるのです。

そんなこんなで、家族の目には、わたしが好きで励んでいるようにうつっていたのも、無理のないこと。娘が誤解するはずです。

そうだ。娘や息子にも、今一度、伝えよう!

家仕事の大切さ、小さく「ついでに」分けること、続けることの意義を。

物思いからさめたわたしが、茶碗を洗う手をとめ、娘と語ろうと振りかえると、いつの間にか、娘の姿はありませんでした。

いやはや。

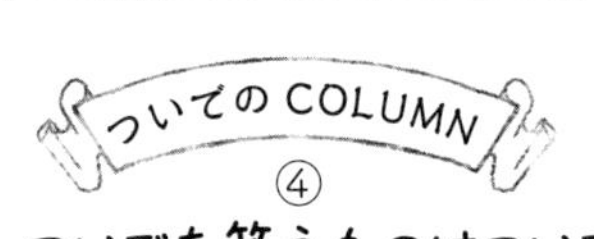

④

ひとつ。ついでを笑うものはついでに泣く

塵（ちり）ひとつない三和土（たたき）。桟まで磨かれたガラス窓。下駄箱には花一輪。ああ。それなのに。その横の階段は足の踏み場もありません。わたしの洋服や雑誌が、うずたかく積み上げられているからです。「二階あがるとき、ついでに持ってあがったら、ええだけやがな」と毎日言い続けるおばあちゃんに、「ついでついで、って。ついでが何やさ！」言い返していた中学生のころのわたしです。

ある日のこと。学校帰りに友だちが我が家へ立ち寄ることになりました。友だちを門扉で待たせ、ただいまも言わず家に駆け込み、両手・両脇・あごで持てるものすべてを持ち、駆け上がろうとした瞬間、わたしは階段を踏み外しました。両手がふさがっていたことが災いし、鼻からも口からもあごからも血を出し、ものにまみれ、見るもあわれな姿をさらしてしまいました。以後、わたしが「ついで党」になったのは言うまでもありません。

あのとき、「ついでが何やさ、よ～いやさ♪」と、小さく拍子をとりながら手伝ってくれたおばあちゃんを、ふと思い出します。

それにしても、おばあちゃんは毎日どんな思いで、あの清濁アンバランスな空間を見ていたのでしょう。

第5章　かわさな、しゃあない

いのちがけ

「齢(とし)いって　うんこ出すのも　いのちがけ。はあ」

おばあちゃんが老健施設に入所したころのこと、便が出なくなったことがありました。下剤を処方してもらっても、出口で便がたまってしまっているようで、出したいのに出せない、そんな状況が五日間つづきました。

認知症のおばあちゃんを、説得して、摘便(てきべん)（お尻の穴に指を入れて便をかきだす）するのは大変です。本人に納得してもらわないと手も足も出せません。わたしの訪問日に、摘便することになり、「お家の方もごいっしょに」と、手伝うことになりました。

おばあちゃんがかんとん（腸閉塞）になったときと、おじいちゃんを家で看取ったときの経験が役に立ちました。

「おばあちゃん、また、かんとんになったら、たいへんやもんな。お尻に指いれるえ」

あばれていたおばあちゃんは静かに受け入れました。無事に、摘便を終え、お尻をふいていると、おばあちゃんは、にこやかに言うのでした。

「齢いって　うんこ出すのも　いのちがけ。はあ」

「おばあちゃん。川柳いえるくらいやったら、よかったわ。ああ。よかった、よかった」

ふと見ると、おばあちゃんは気持ちよさそうにすうすう小さないびきをかきはじめています。便をかき出してもらうだけで体力が消耗したのでしょう。ベッドで横になりながら、ほうけたように口をあけて寝入るおばあちゃんが、赤ちゃんのように見えました。

こんなことを思い出したのも自分自身がひどい便秘に悩まされたからです。久しぶりにすっきり感を味わったあと、ふと口をついてでたのが、おばあちゃんの言葉でした。

おじいちゃんやおばあちゃんの介護をしていたことをぼんやり思い出すうちに、あたりまえだが、大きなことに気づきました。

「死」を知っていること、「死」までの過程を知っている、ということは、もしかしたら、二人からの大きなプレゼントかもしれない。なにより大きな財産かもしれない、と。

安物買いのむだづかい

わたしが母親になったばかりのことです。子どもたちを連れ一週間の里がえりをしました。ある朝のこと。広告のチラシを見て、わたしは浮き足立ちました。

「いっやー。ティッシュむっちゃ安い。いっやー。ラップも。なんで？　なんでこんなに安いん？　うちの近所では考えられへん安さや。どうしよう。買ってかえろかな」

「ともちゃん。あんた、小さい子どもと大きい荷物かかえて、そのうえ、かさのたっかいチリシとラップ持ってかえるて言うんか？　そんなアホなこと、やめとき、やめとき」

「そやかて、おばあちゃん。うち（の近く）で買うより、百円も安いえ」

「百円てか？　それより、荷物小そうしてゆったりした気持ちで、子たちとかえりよし。ともちゃん。母親がおだやかな気持ちでいるんは、百円よりも大事やで」

「そやけど、百円ういたら、あたし、おだやかになるで。おばあちゃんさ、あたしのやりくりの大変さ、しらんやろ？」

「な〜にをおぬかしあそばしまっしゃろ。何やて、チリシが一割安いてか？　定価で買うて一割使うん減らしたらええだけやがな」

「おお！　そっか！　おばあちゃん、すごい！」

「買うんをやりくりするんやない。使うんをやりくりするんや。それがほんまのやりくりや。あんた、安売りに踊らされてどないするん。必要なだけ大事に使ぉてたら、買いに行く手間もいらんし、お金も減らん。その分、子どもにゆったり向こうてやれるやろ？とも母さん、頼んまっせ〜。あんた、お母ちゃんやで」

あれから十数年たちました。おばあちゃんは認知症になりました。敷ふとんの下や寝巻の袂（たもと）から、使ったティッシュがぽろぽろ出てくるのは、やりくり術のなごりでしょうか。「一度使ったら捨ててね」と何度言っても、「乾いたらまた使えるがな」と意にも介さず、どこ吹く風。そのたびに、あのころのおばあちゃんを思い出して、せつなくなるのでした。

眠れてもよし、眠れなくてもよし

二十年前。わたしは八十歳を越えたおばあちゃんのつらさがわかりませんでした。わかろうともしませんでした。

「寝られへん。寝られへんのや。昨日も寝られへんかった」

「おばあちゃん、今さき、よう寝てたで」

「いいや。ぜんぜん寝てへん。寝られへんのや。昨日の夜も一睡もしてへん」

「そんなことないって。さっき寝てたって。おばあちゃん、昼も夜もいっつも寝てるで」

「そんなことあらへん。うつらうつら、ぼんやりしてるだけ」

「それはないって。あたし見た見た。おばあちゃん、気持ちよさそうにふがふが寝てたで」

「そんなこと、ぜったい、あらしません。寝られへん、言うたら、寝られへんのや」

おばあちゃんから「寝られへん」と聞くたびに、わたしは、てきとうな相づちをうって受け流していたものです。それどころか、ひどい言葉を返してさえ、いました。

「なあ、おばあちゃん。寝られへんかっても、死なへんって」

「もう。他人事や思ぉてからに。ああ。もう、ほんまに、どないしたらええんや」

「おばあちゃんが寝られへんかっても、だれも困る人いいひんって」

今から思うと、おばあちゃんをどれほど傷つけていたことでしょう。どうして「大変やろうね」「つらいやろうね」と言えなかったのでしょう。


最近のことです。わたしはかぜをひいたことがきっかけで眠れなくなってしまいました。寝る前に手足をあたためても、ストレッチをしても眠れません。眠れたとしてもすぐに目が覚めてしまいます。時計の秒針を数えながら朝をむかえる日が半年ほど続きました。思いつく限りのことを試しました。運動をする。甘味を控える。昼食をしっかりとる。夕食は消化の良いものを軽く。ぬるめのお風呂にゆっくりつかる。夜更かしはしない。

それでもぐっすり眠れません。体重は減っているのに身体は重くてしかたがありません。

家ではふきげんな顔。仕事はミスばかり。言葉がたりなかったり言い方がきつくなったりで、あちこちで失言しては落ち込む毎日。食器を割ったり包丁で手を切ったりは、日常茶飯事。そのうちに、お通じも出なくなってしまいました。何をする気もおこりません。寝不足だ。明らかに寝不足だ。寝よう。眠れなくても寝よう。とにかくふとんに入って目をつむろう。そう思えば思うほど、眠れません。悪循環の毎日が続きました。

「眠ること」に気持ちのよさや満ち足りた思いを感じることができない、ということが、これほどつらいことだったとは。


夢のなかにおばあちゃんが出てきました。

「もうやめよ、やめやめ、やめにしよ。あたし、どんならんこと口にするのはやめにする。あたしら、年いたもんが寝られへんのは、あたりまえ。次にぐっすり寝られるんは、お迎えがきて棺おけのなかや。なんでこんなことに気ぃつかへんかってんろ。あたしとしたことが。寝られてもよし。寝られへんでもよし、や」

おばあちゃんはきっぱり言ったのでした。

よく考えると、実はそれは、生前のおばあちゃんの口グセでもありました。

おばあちゃんは、親せきのおばさんと電話で「眠れない」談義をくりかえしていたものです。長電話のしめくくりは、いつもおなじでした。

「もうこればっかりは、しゃあ、おへんなあ」

「こらえな、しゃあない。かわさな、しゃあない、っちゅうことですわなあ」

「ぐっすり寝るんは棺おけで、ですわなあ。楽しみの先送りですかいなあ」

「こうなったら、寝られへんのん、とことん、楽しまな、あきまへんなあ」

おばあちゃんは、自分に言い聞かせながらも、励ましあっていたのかもしれません。

よし。「眠れてもよし。眠れなくてもよし」だ。「ぐっすり眠る」の先送りをしよう。いつかぐっすり眠れるときがきたら、そのときこそ、めいっぱいよろこぶことにしよう。それまでは、眠れないことにどっぷりひたろう。眠れない夜にできることをしよう。眠れない夜にしかできないことをしよう。

そう思いきると、なんだか、少し、気が楽になったような気がします。

ぜいたくノート

お天気のいいときに、庭の手入れをしよう。

あ。夫が欲しがってたエプロンだ。こんなところで売っている。

そういえば、娘に、就活のときに履きやすいパンプスを買ってあげたかったんだなあ。

息子、いつもお姉ちゃんの水筒を借りてるな。言い出せないんだろうな。失くしたこと。

さっちゃん、どうしてるかなあ。もうすぐ、誕生日だなあ。

だれもが感じるような、小さな小さな思いつき。

実行してもしなくてもよく、今すぐ、してもしなくてもよく、押しつけるものでもない思いつき。

実行しなかったからといって、非難や批判をあびたり、だれかに迷惑をかけたりしない。

実行したからといって、お礼を言われたり褒められたりするわけでもない。

ただ、ぽろぽろと思いついたことをすると、自分がうれしくなる。ただ、それだけ。

ただ、思いついたとおなじだけ、ぽろぽろと手からこぼれおちるような、些末なこと。


「まあ、いいか。また、今度にしよう」と、軽くうけ流し、忘れていた自分がなつかしい。

「まあ、いいか。また、今度にしよう」と、つい後回しにしてしまう自分に嫌気がさす。

いったい自分は、毎日、どれほどの思いつきを落ちこぼしているのか、と。

言いかえると、なぜ、こんなに小さな、こんなにかんたんなことができないのか、と。

こんなはずじゃなかったのに。こんな自分じゃ、なかったのに。

何もしない、何もできない自分が情けなくてしかたありません。だるくて、何もかもが重くて、しかたありません。まるで、沼のなかでからだを動かしているような感覚でした。

わたしは以前のように、さくっと起きあがることができません。起きるにも、歩くにも、ごはんをこしらえ洗濯するにも、お風呂に入ることすらも、よろよろとよろめき、どうにか動いているだけ。覇気はなく、こころここにあらず、の状態で、仕事はミスばかり。

からだの重さ、もとをただせば、自分の思いつきの重さに、押しつぶされそうになるだなんて。こんなことって、あるのでしょうか。

一気に十年ほど歳をとったような感じです。

「お母さん、どしたん？

そんな小さいこと、できひんかったぐらいで、ため息なんかついたりして。

疲れてるんちゃう？

もうさあ。人のことばっかり考えてんとさあ、もっと、自分のことしてみたら？

もっとゆっくりしたら？」

とうとう、娘にお説教されてしまいました。

その夜。久しぶりにおばあちゃんの夢をみました。夢のなかのおばあちゃんは、ノートを胸にかかえて、言うのです。「だまされた思ぉて、やっとぉみ」と。

翌朝、ぼんやりと起きたとき、鮮明に思い出したことがあります。なんと、おばあちゃんは、実際に、小さなノートを持っていたのです。

その昔。

おばあちゃんは近所の文房具屋さんで毎月ノートを一冊だけ買っていました。数冊まとめて買えばお買い得になるのに、判で押したように、毎月一冊だけ買うのです。

「おばあちゃん、なんで一冊しか買わへんの？　なんでまとめ買い、せえへんの？」

「これはな、あたしの唯一のぜいたくやねん。ぜいたくに、まとめ買いはない」

「へえ。そやけど。なんでノートの表紙にお菓子の包み紙、貼るん？」

「きれいやろ？　おしゃれや思わんか？」

「はあ。なあ、おばあちゃん。それ、誰かに見せるん？　どっかに持っていくん？」

「いいや。誰にも見せへんし、どこにも持っていかへんえ。人さんに見せるもんちゃうし」

「前のノートは、どしたん？　きれいな水色の紙貼ってたノートは？」

「ああ。あれか？　お役目終わったし、燃やしたわ」

「え、燃やしたん？　ノート残しとかへんの？　おばあちゃん、このなか見てもええ？」

ノートには、大きな文字が流れるような書体でさらりさらりと縦にならんでいました。

空白が多いのが目につきます。日付と天気だけの頁もあります。

おばあちゃんによると、つかい始めは月始めではなく「新月」。一日一ページ、だいたい一ヶ月かけて一冊をつかいきる。次の「満月」の日にノートを燃やす、というのです。

「これが助けてくれてん。あたし、昔、よう寝込んでたやろ？　このごろな、あんまり、寝込まんようになったやろ。このノートのおかげやねん。信じられへんかもしれんけど」

たしかに、おばあちゃんは顔をしわしわにし、ため息ばかりついていた時期があります。

「ともちゃん。お願いがあるねん。あたしが死んだら、このノートほかし（捨て）てな。満月の日に燃やしてくれたりなんぞしたら、うれしいんやけどなあ」


子どものころ、メモをノートに書き写しているおばあちゃんの姿は、近寄りがたく、声をかけるのもはばかられるほどでした。一〇分にも満たないような短いひとときでしたが、わたしも小さな弟も、そばで静かにしていたものです。

書き終えたあと、ノートを静かにぱたんと閉じるときのおばあちゃんの満足そうな横顔を見るのが、わたしは好きでした。

夢を見た翌日。このような思い出を娘に話すと、娘は、知っているのは当然かのように、言うのでした。

「そやで。知ってるで。

だって、おじいちゃんもしてはるやん。美術館のチラシ、手帳の表紙に貼ってはるやん」

さもありなん。わたしの父も粋なデザインの包装紙やパンフレットを手帳や古い辞書に貼っているのでした。知ってか知らでか、父がおばあちゃんとおなじことをしていたとは。

そうだ、ノートをつくろう。

わたしも真似てみました。不思議なことに、買ってきたノートの表紙に、お気に入りの包装紙を貼るだけで気持ちが静まっていくのが、わかります。

思いついた日に思いついたことを書くだけ。書いたことをしてもよし、しなくともよし。

このゆるさと、ノートに向かうゆるりとした時間が、わたしのかたくななこころをほぐしてくれるような気がしました。

わたしは以前よりも、穏やかに、少しだけ軽やかに、動けるようになった気がします。

人のこころに立ち入らない

その昔。小学生のころ、毎週日曜日に保育園児の弟と市バスに乗ってスイミングスクールにかよっていました。

バスのなかの弟は、いつもうつむき加減で言葉数は多くありません。べそをかくこともありました。行きは練習前の緊張から、帰りは疲れと空腹から、悲しくなるのでしょう。わたしが弟の荷物を持っても、背中に手をあて声をかけても効果はありません。半べその弟を守りながらの三十分はわたしにとって緊張するひとときでした。

さらに緊張するときがありました。やっとの思いで座ることができた瞬間、お年寄りの姿が目に入ったときです。たいていの場合、察しのいい弟はお年寄りが咳払いをする前に立ちあがります。ところが、どうしても立てないときがありました。

「お姉ちゃん……、お腹がいたくてしんどいねん……。ぼく、どうしたらいい？」

目の前に立つおばあさんが自分たちのおばあちゃんだと想像するだけで、いてもたってもいられません。でも、知らないおばあさんより目の前の小さな弟のほうが、わたしには大事です。眉毛もまぶたも目尻もさがった弟を立たせるか、おばあさんを見捨てるか…。

思いあまって、あるとき、家でおばあちゃんに相談したことがあります。

「おばあちゃん、もう、どうしてええか、わからへんねん」

「それはなあ、てっちゃんが決めたらええことやん。しんどかったら座ってたらええし、子どもかて、体調悪いときあるわいな。お年寄りを横目に座ってるんが居心地悪かったら、席代わったらいいだけの話や。子どもがぜったいに年寄りに席をゆずらんならん決まりはない。それよりも、ともちゃん。てっちゃんのこころにまで立ち入って心配しなさんな」

今でも、立っているお年寄りの前で座っている子どもをみかけると、ドキドキするのは、昔の大きな悩みを思い出すからでしょうか。それとも「人のこころに立ち入らない」と、おばあちゃんにピシッと言われたことを思い出すからでしょうか。

こんなことを思い出したには、もう一つ理由があります。

最近、家族四人そろって、地下鉄に乗ってでかけたときのことです。

朝早かったこともあり、車内は空いていました。わたしは、子どもたち、といっても、わたしや夫よりも背丈があり身体つきも頑強な子どもたちと隣同士ですわろうとしました。席は空いているのに、娘も息子もすわろうとしません。むしろ、二人は、わたしと夫から少し離れた場所に二人して背をむけて立ちました。

三駅ほどすぎると、年配の女性数人が乗ってきました。皆、山登りの格好をしています。夫はすっと立ち、出入口の方に移動しました。わたしはその場にすわったまま、移動する夫の背中を見ていました。

次の駅。明らかに後期高齢者であろうと思われる夫婦づれが乗ってきました。わたしは、「どうぞ」と言って、すいっと立ち上がり、夫の近くに移動しました。「子どもたちのところに行かへん?」と声をかけましたが、夫は読みかけの本から目を話さず「ここでいいよ」と言いました。たった、それだけのことなのに、わたしの気持ちは急にしぼみました。

(せっかく、久しぶりに四人そろって出かけたというのに、なんで、バラバラなん!)

わたしは仏頂面をかくそうともせず、所在なげにかばんの持ち手をたぐっていました。目的地につきました。四人それぞれ降車し、改札へ向かうすがら、娘がすっとわたしの斜め後ろにやってきて、耳元でささやきました。

「お母さん。どしたん？　何ちゅう顔してんの？　お父さんと何かあったん？」

「別に」

「そしたら、そんな顔してんと。ほらぁ。せっかく、四人で、でかけてるっていうのに」

とたんに、わたしは白目をむいて娘に言いました。

「それは、あたしのセリフやで」

娘はあきれた顔をし、ため息を一つついたあと、子どもに諭すかのように言いました。

「お母さん。わたしもゲンキも、もう大きいのえ。電車のなかで、四人くっついていな、あかん理由ある？　急ぎの話があるわけでもなし。気をつかう関係でもなし。

人のこころに立ち入らない。んと、ちごたっけ？　お母さん？」

やさしくもピシッと言われて、ハッとしました。こんなときに、こんなところで、娘にこんなことを言われるなんて。ああ。わたしは返す言葉もなくだまりこんでしまいました。

親しき仲ほど距離をおく

おばあちゃんの三回忌を終えた翌週のことでした。

父が転倒しました。外出先から家に帰る道すがらのことです。夜だったので、見つけられるまで三時間ほどたっていたそうです。夜中、救急車に運ばれ、そのまま入院しました。

幸い大事にはいたりませんでした。入院生活のあと、自宅での療養生活が続いています。

近くに住んでいることもあり、わたしは父と時間をともにすることが多くなりました。

「お父さん、もう夜にでかけんといて」

「お父さん、もっと早く寝て」

「お父さん、もうお酒飲まんといて」

「なんで、そんなことすんの？　お父さん」

「お父さん、もう知らんえ」
「お父さん、もう勝手にして」
「ほんまに、もう」

父が憎くて、きらいで、このようなことを言っていたのではありません。父になんとか希望を持ってもらいたかった、前向きに生きてほしかった。

それなのに、でてくる言葉は、こんな言葉しか出てこないのです。

父は、日に日に口数が少なくなっていきました。父から表情がなくなっていきました。明るくて天真爛漫、能天気。親戚や知人、父を知るだれもから、そのように言われていた父は、口角が下がり、まぶたが下がり、肩を落として、ぼんやりするようになりました。

新しい年を迎えたというのに、父の表情はかたまったままでした。むしろ父の表情から、喜怒哀楽が消えていきました。

半年たったころ、わたしは自分自身の体調がすぐれず病院に通うことになりました。

母に事情を伝え、わたしの父を見舞う日が、週に一度になりました。

わたしの検査が続き、二週間ぶりに父を見舞うと、父の顔色に生気がもどっていました。

母に事情を聞くと、父が夜遅くまで起きていようが、純米酒やワインをこっそり飲んでいようが、母は咎めもせず、というより、何も言わなかったそうです。

ただ、だまって、母は一人でこなしていたというのです。父といっしょにしていた掃除や洗濯、炊事、買い物、振込などの所用を。

そのうち、父が
「そろそろ、やるわ」

と、言うようになったので、二人で少しずつ、ゆっくり、元の生活にもどしていったというのです。

振り返って考えると、わたしと父との距離が近すぎたのだと反省しました。父のことを想いすぎるわたしの言葉が、父にとって重すぎたのです。わたしはただ、

「わたしはお父さんのことを想っている」

という気持ちを伝えたかっただけなのに。

生まれて初めて、父と母とどっぷり暮らしを共にしたこと、父と母の役に立てることが、うれしかっただけなのに。

父には、重すぎたのです。

「ともちゃん。親しき仲にも礼儀あり。親しき仲ほど距離をおく、やで」

おばあちゃんの口グセ。

いっぱいある口グセのひとつ。

聞き流すのさえ、面倒くさくて、聞こえないふりをしていたおばあちゃんの口グセが、今ごろになって、いやになるほど、頭のなかをぐるぐるまわっています。

これって、夫との関係とおなじ?

もしかして、子育てといっしょ?

娘に対するのと、息子に対するのと、おなじなの?

わたしのなかで、ときほぐれそうで、ときほぐれない、つかまえられそうで、つかまえられない何かが、もやもやと、うずまいています。

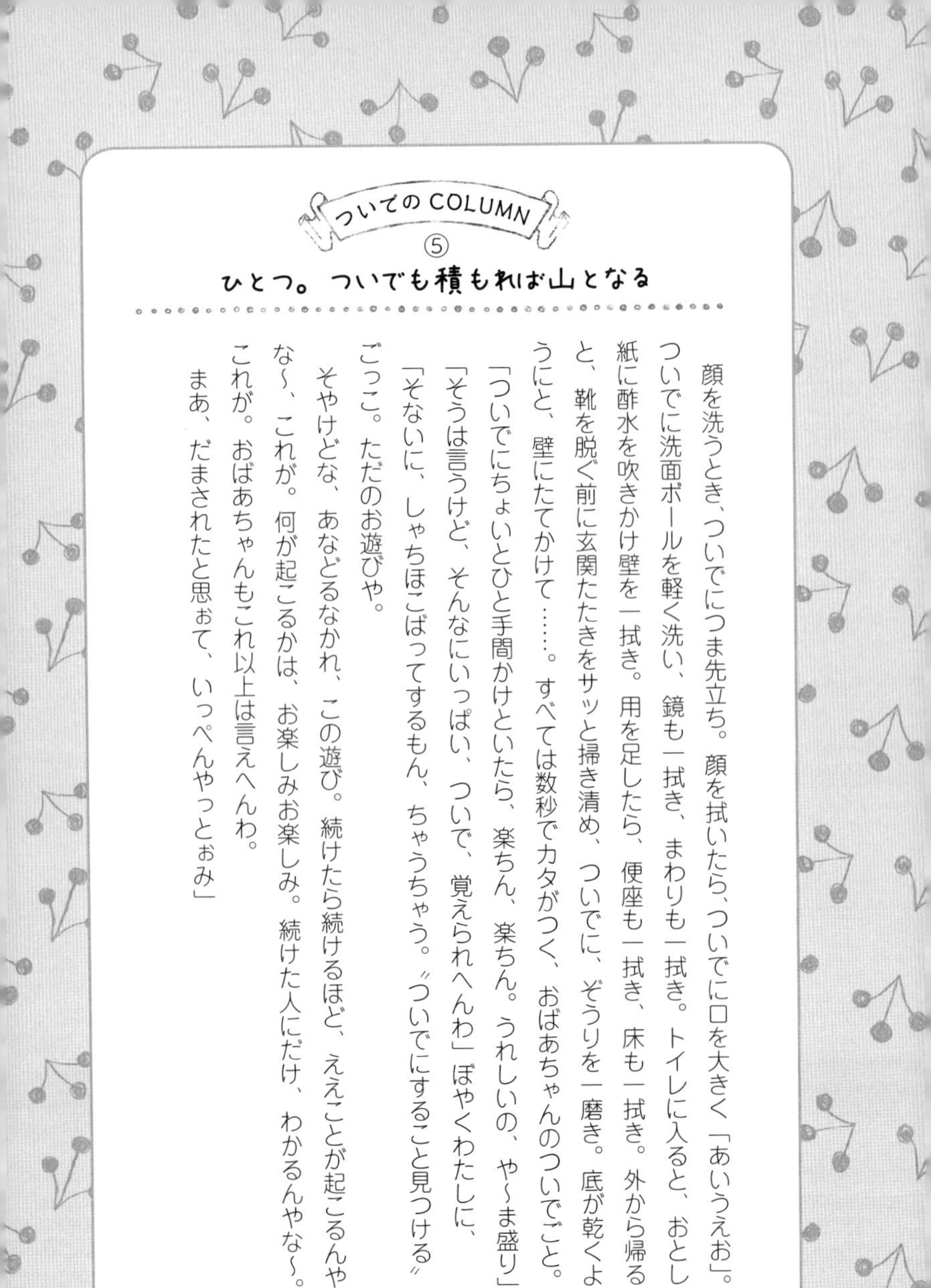

ついでのCOLUMN

⑤

ひとつ。ついでも積もれば山となる

顔を洗うとき、ついでにつま先立ち。顔を拭いたら、ついでに口を大きく「あいうえお」。ついでに洗面ボールを軽く洗い、鏡も一拭き、まわりも一拭き。トイレに入ると、おとし紙に酢水を吹きかけ壁を一拭き。用を足したら、便座も一拭き、床も一拭き。外から帰ると、靴を脱ぐ前に玄関たたきをサッと掃き清め、ついでに、ぞうりを一磨き。底が乾くようにと、壁にたてかけて……。すべては数秒でカタがつく、おばあちゃんのついでごと。

「ついでにちょいとひと手間かけといたら、楽ちん、楽ちん。うれしいの、や～ま盛り」

「そうは言うけど、そんなにいっぱい、ついで、覚えられへんわ」ぼやくわたしに、

「そないに、しゃちほこばってするもん、ちゃうちゃう。〝ついでにすること見つける〟ごっこ。ただのお遊びや。

そやけどな、あなどるなかれ、この遊び。続けたら続けるほど、ええことが起こるんやな～、これが。何が起こるかは、お楽しみお楽しみ。続けた人にだけ、わかるんやな～。これが。おばあちゃんもこれ以上は言えへんわ。

まあ、だまされたと思ぉて、いっぺんやっとぉみ」

第6章　親も試練なら、子も試練

ありがたいけど、迷惑がつく

手元に数枚の写真があります。おばあちゃんと息子が大きな桜の木の下で笑っています。九十六歳のおばあちゃんは車いすに身をゆだね、ひざの上で両手を組み合わせています。十二歳の息子ゲンキはおばあちゃんの斜めうしろにまっすぐ立ち、左手でピースサインをしています。小学六年生にしては背が高く、頬はふっくらしています。

もう一枚はおばあちゃんとわたしが写っています。おばあちゃんの横にしゃがんでいるわたしは今にも泣き出しそうな顔をしています。

おばあちゃん一人の写真もあります。でも、息子とわたし、二人の写真はありません。

そう。あの日は風もなく暖かで空はすっきり青くお花見にはうってつけのお天気でした。

息子の小学生最後の春休み。グループホームにいるおばあちゃんを二人で訪ねました。おばあちゃんは認知症ですが、この日は、頭も身体もお天気とおなじくらい晴れやかだったので散歩に行くことにしました。歩いて二、三分のところにちょっとした桜並木があるのです。息子がおばあちゃんの車いすを押し、わたしはおばあちゃんの横を歩きました。

おばあちゃんがわたしを見上げて言いました。

「あんた、おせっかいとよけいなおせっかいの違いって、知ってるか？」

桜のことかと思いきや、どうやらちがうようです。わたしはかがんで聞きなおしました。

「え？　なんて？　なんて言うた？　おばあちゃん」

「あんた、違い、知ってるか？　おせっかいとよけいなおせっかいの違い」

「何じゃそれ？　おばあちゃん。急に何言い出すのん？」

「あんたのこと。ゲンキちゃんが車いす押してるシリからゆっくり歩けじゃの、もっとはしっこによれじゃ、の口出しする。おせっかいと、ちごぉて、よけいなおせっかいや」

「それは悪ぅございましたね。おばあちゃんのためにて思ぉて、言うてたんですけどぉ」

「へえへえ。それはおおきに。それがよけいなおせっかい、てことに気づかんかいなあ」

「気づくも気づかへんも、あらへん。ゲンキが押す、て言うたから任せただけ。そやけど、ふらふらフラフラ危のうて、見てられへん」

「任せたんやったら最後まで任しなはれ。だまって見守っておやり。ヤイノヤイノ口出し、してからに」

「そやけど。おばあちゃんのためだけちゃうえ。ゲンキのためでもあるんえ」

「それや、それそれ。それやがな。それがくせもん(曲者)。百害あって一利なし」

「それって、どういうことよ?　あたしが害やて言うん?」

わたしは、おばあちゃんに挑むように聞きかえしました。

「誰もあんたが害やなんて、言うてぇへんがな。よう聞きなはれ。あんたの口出しが、よけいなおせっかいや、て言うてるだけ。ありがたいけど、迷惑がつく」

「なんやさ!　おばあちゃん」

「よけいなおせっかい。ありたがた迷惑。言葉どおり、それだけや。大義名分かざすから、ややこしぅなる。それだけのこと」

おばあちゃんはこともなげにこたえたあと、わたしの顔を見上げゆっくりと言いました。

「あんたなあ。こころの奥のどこやらで息子には何言うてもええ、息子は自分の言うこと聞いてあたりまえ、自分の思うとおり動いてあたりまえ、て思ぉてるんちゃう？」

「そんなこと思ぉてへん」

「あんた、自分では気ぃついてへんだけ、ちゃうかなあ。あたしには透けてみえるがなあ」

「なあ、ゲンキ。あたし、ひどいこと言うてるか？　母さんの言うこと、ありがた迷惑？」

「いや、別に。わからへん」

息子は、下を向いたまま一心に車いすを押し続けます。

「子どもに聞くやてなあ。しゃあないお母ちゃんやなあ。ゲンキちゃん。堪忍したってや」

おばあちゃんは、息子に向かって頭を下げました。

突然。車いすを押していたゲンキが立ち止まりました。見上げると目の前に大きな桜。満開の花を咲かせています。おばあちゃんは目を細め、息子に向かって言いました。

「ゲンキちゃん、すまんがなあ、ちょいと、そこのお店でな、あめちゃん買うてきてくれへん？　おばあちゃんは、塩飴がええなあ。なかったら、ゲンキちゃんが、いいて思うあめちゃん買うてきて。よろしゅうお頼ぉもうします」

息子は通りすぎたコンビニに向かって小走りで駆けていきました。

「息子の前でえらい悪かったなあ。こんなときになんやけど、言わしてもらうえ。あんたなあ。息子にしてること、もっと、よぉ考えとぉみ」

「ゲンキにしてること?」

「口の出しすぎ。世話やきすぎ。よかれ思ぉて、してるんかも、しれんけどな」

「そやかて。心配やもん」

「そらぁ心配やわなあ。母親やもんなあ。そやけどな。あんたが口出せば出すほど、世話やけばやくほど、息子、がんじがらめにして、追いつめることになるんえ」

わたしは何も言えません。

「今はな、ゲンキちゃんも黙って聞いてるわいな。それはな、母親の心配が身につまされるからとちゃうえ。ほかを知らんから聞いてるだけ。生きていかれへんから聞いてるだけ」

「……」

「ゲンキちゃん、気ぃついてくれたら、ええんやけどなあ、母親のすじ違いに」

「……」

「ゲンキちゃん、楯突いてくれたらええんやけどなあ、母親に」

「へ？」

「親に楯突いて、楯突いて。親を言い負かして、言い負かしてこそ、親から抜け出せるんやがなあ。ほんなら、親のあんたも、息子に対する態度、あらためるやろが。今のままでは、あんたの我ぁ強すぎて。こりゃ、ゲンキちゃん、もたへんがな」

「……」

「親はなあ。楯突かれて、なんぼ。言い負かされて、なんぼ、や」

「……」

「ほんに親いうんは因果なもんや。大事に育てた子に楯突かれ刃向かわれるんやからなあ。また、そうしてもらわな、わからへんのやからなあ。親の業が。ほんま因果なもんや」

「……」

「まあ、それが親っちゅうもんなんやろなあ。親も試練なら、子も試練。

そや。あんた。母親の性に甘えたら終いやで。あんたのため、なんて大義名分かざして、子ども言い負かして悦に入るなんてこと、ゆめゆめ、するやないで。ええな。わかったな」

おばあちゃんの一言は重石のようでした。わたしはもう桜を愛でるどころではありません。息子が走ってもどってきました。おばあちゃんは飴を受け取りながら、言いました。

「これからな、お母ちゃんがなんやおかしいこと、言うてきたらな、言い返したったら、ええんやで。手ぇ出したらあかんけど、はっきり言うたら、ええ。うまいこと言われへんでも、かまへん。ゲンキちゃんが自分の言葉で面と向かって言う。これが大事なんや。

　これはな、自分のためでもあるし、お母ちゃんのためでもある」

　飴を受け取っても、なお、息子の手をはなさずおばあちゃんは続けるのでした。

「だいじょうぶ。ゲンキちゃんは強い子や。きっと強い男の人になる。だいじょうぶやで」

　息子はとまどったような表情をしながらも、何度もうなずきました。

「も一つ言うとくとな。どうにもこうにも、ならんかったらな、この大好きなお母ちゃん放っぽりだして、おばあちゃんとこ、逃げといで。もし、おばあちゃんがあの世に行ってしもてたら、若いじいちゃん、ばあちゃんとこに、逃げたら、ええ。

な〜になに。ほんまに逃げるわけやあらへん。一時休戦、体勢立てなおすだけや。

おばあちゃんの言うたこと、忘れてもええけど。覚えときな」

おばあちゃんは、わたしの方に向きなおり、にっこり笑って言いました。
「さあさ。写真撮ろか。あのときようの写真、撮っとかな、な」

あの日。おばあちゃんはわたしのことを一度も「ともちゃん」と呼びませんでした。「ともちゃん」はおばあちゃんの記憶のはるか彼方へ行き、おばあちゃんにとって守るべきは、孫のわたしではなく、ひ孫のゲンキだったのでしょう。いいようのない寂しさと心細さと、もやもやで、わたしはどのようにグループホームへ戻ったのか、どのように息子と家路についたのか、どうしても思い出せません。

息子のもの言いがはっきりしだしたのは、おばあちゃんが亡くなってからのことでした。あの桜の下でのおばあちゃんの言葉を覚えているのかいないのか、定かではありませんが、息子は行先も告げずに、ふいっと家を出るようになりました。実家に行っているようです。そして。そのうちに息子は夫に対してもふきげんなもの言いをするようになりました。

そのたびに、わたしは、おろおろするばかり。

嵐と凪(なぎ)をいったりきたり、不安と反省をいったりきたり、しています。

親かて迷うし、親かて揺れる

ある日、朝ごはんを食べ終えた息子が言いました。「歯ぁ痛ったぁ〜！」

「歯ぁみがいてへんから、虫歯になるんや。それより、早よ、行く用意したら」

時計にちらりと目を走らせたわたしは、弁当を詰める手をとめずに言いました。

「なんで虫歯て決めつけんのや。歯痛いって言うただけやろ。ほかに言うことないんかい」

口に歯ブラシをくわえたまま、着替えながら、息子はわたしに言い返しました。

登校時間はせまっています。夫の出勤時間もせまっています。娘の部屋からは目覚まし時計が、洗面所からは洗濯終了のアラームが、なりはじめました。

「じゃあ言いなおすわ。ちゃんと歯みがいてる？　歯ブラシ、口にいれてるだけちゃうん」

黙って聞き流せばいいのに、わたしは声を荒げ、息子の背中に向かって言い返しました。

息子の声はだんだん尖っていきます。

「なんで歯みがきのことしか言わんねん。この痛さわからんのか」

「わかるかいな。あたしの歯ぁちゃう、あんたの歯やろ。んなもん、わかるわけないわ」

「ただ歯が痛いっちゅうとるだけや」

頭の奥で警告音がなっているのに、それでもわたしの口調はとまりません。

「それくらいの痛み、なんやさ。がまんもできひんのかいな」

「俺の痛みも知らんくせに。なんでもかんでも勝手に決めつけんなや」

「なんやかんや言うて。結局、歯医者に行くことになるんやないの。もう、お金と時間、なんやと思ぉてんの。虫歯と近視は予防できるのに！」

息子は白目でわたしをにらみ返し、弁当をひったくるようにして登校していきました。玄関のドアが大きな音で締まると同時に、家中の窓ガラスがびりびりと響きました。

夫はもの言いたげな目でわたしを見、小さなため息を一つついて、仕事に出かけていきました。夫を見送ったあと台所に戻ると、娘が仁王立ちしてこちらをにらんでいます。

「もう朝っぱらから。ゲンキもゲンキなら、お母さんもお母さんやわ。

歯痛いのなんて、ほっときゃいいねん。いちいち反応するから、こんなことになるねん」

娘の口調は、いつも夫がわたしに言うのとそっくりです。

（いちいち反応するから、こんなことになるんやないか。君は、子どもを叱ってるんじゃなくて、子どもに反応してるだけやないか？）

娘は着替えながら、食卓にのこった弁当のおかずにちらりと目をはしらせ、続けます。

「どうみても、あたしの高校生のときより、ゲンキのお弁当のほうが、豪華やし。それにさ。あたしが歯痛い、って言うても、〝あ、そう〟で終わりやのに、ゲンキのことになると、必死やし。あー。もう。悲しいを通りこして、あきれるわ。

〝定期は？　財布は？　ケータイは？〟って。いったい、ゲンキって何歳やさ。お母さんって心配しすぎ過保護すぎ。そのくせ、もったいない、もったいない、って、お金と時間のことばっかり。話はいつも、ちょっとずつ、ずれていくし……」

娘の値踏みするような目つきに、わたしは思わず大声を出してしまいました。

「もう、ええかげんにしぃ！」

「それはこっちのセリフよ。お母さんこそ、ほんまに、もう、ええかげんにして！」

娘までもが大きな音をたて、出かけていきました。家中の窓ガラスがまた響きました。

ああ。またやってしまいました。

あとに残ったのは、あちこちにひっくり返ったスリッパと、流しに積み上げられた食器、脱水が終わった状態で時間がたってしまった洗濯もの。そして、何も手につかないわたし。

夫も娘も、二人はいつもわたしにおなじことを言います。いちいち反応するな、と。


わたしは反応しているだけなの？　今朝も？

なぜ、わたしは息子にあのような物言いをするの？

娘には平静でいられるのに、なぜ息子には、だまっていられないの？

息子が何度言っても聞かないから？

わたしはいったい「何」を息子に言いきかせようとしているの？

もしかして。

わたしは、おばあちゃんの言う「よけいなおせっかい」をしてるだけ……？

千々に乱れる、とはこのような状態をいうのでしょうか。息苦しくてしかたありません。鍋に残った煮汁をぼんやり見ていると、わたしが高校生のころ、おばあちゃんを泣かしたことがよみがえってきました。あれは、母と言い争った翌日のことでした。

「ともちゃん。もう、母ちゃん、ゆるしてやったらどないや？

なんで母ちゃんがあないな口調であんたに言うようになったんか、考えたことある？

母ちゃんも子どものころ、あんたとおんなじやったんとちゃうかなあ。

親てなあ、子ぉが思うほど完璧ちゃうねん。親かて迷うし、親かて揺れる。あんたかて、そろそろわかる年頃やろ？　母ちゃんのことゆるしてやったら……」

おばあちゃんの間延びした声、憐れむような目つき。わたしにはたまりませんでした。

「おばあちゃんのうそつき！　今の今まで、親の言うことは、よぉ聞きなさい、て言うてきたくせに。手のひら返したように、ゆるしてやったらどうや、なんて。サイッテー！」

あのときのわたしはなんてひどい子だったのでしょう。反省するどころか、

（おばあちゃんって泣いたら、涙はしわを伝って横に流れるんや）

と、観察していたのですから。

今ごろになっておばあちゃんの言葉がわたしに何度も問いかけます。

「なんで母ちゃんがあないな口調であんたに言うようになったんか、考えたことある？」

母に注意されたことは数えるときりがありません。親の記入が必要な学校への提出物を母に渡しそびれたこと、礼状を書かずにそのままにしていたこと、シャンプーやリンスを使いきっても補充をしておかなかったこと……。そのたびに母は言いました。

「〝今すぐ書いて〟は、ないでしょ。もっと前もって見せなさい」

「どうして、すぐにしておかなかったの」

「ちょっとしたことやのに。手に覚えさせなさい」

わたしはあやまるより先に、理由を説明したものです。

「だって、忘れてんもん」

「今、考えてるところ」

「なにも、今しんかて、かまへんやん」

今から考えると、言い訳でしかありません。ただの口答えでしかありません。あのころのわたしは、母が何を言わんとしているかなど、気にもとめませんでした。

母の口調は日ごとに厳しくなっていき、わたしの返事は日ごとに短くなっていきました。

「もう、わかってるって!」

あのときの母は、いったいどんな気持ちでわたしを叱っていたのでしょう。

あのときのわたしは、母がいきあたりばったりの思いつきで八つ当たりしているとしか思いませんでした。わたしを想って叱ってくれているなどとはみじんも感じませんでした。

思いおこせば、母に何かしら注意され、母と言い争ったのは、いつも休日の夜でした。なぜなら、母は、朝はわたしたち姉弟が起きるよりも早く出勤し、夜は寝入るころに帰宅していたのですから。そのうえ、あのころ、父は単身赴任で不在でした。

母が座ってお茶を飲んだり、テレビを見たりする姿をわたしは見たことがありません。母はいつも動いていました。外でも働いているのに、家でもくるくる立ち回っていました。

そう。母とは、たわいもない話で笑いあった記憶もありません。母と一緒に、買い物にでかけた思い出すらありません。友だちとでかけて買ってきた洋服を「派手」「スケスケ」「学生が着るものではない」と返品しにいかされた思い出はあったとしても。

母はわたしに何度でも注意しました。母はわたしをあきらめませんでした。

ひるがえって、今のわたしはどうなのか。
わたしはなぜ息子に対して詰問口調になってしまうの？
あのときの母ほど時間がないわけではないのに。
余裕がないの？
何の余裕がないというのか？
時間？　お金？　このふたつが原因で気持ちに余裕がなくなるとでもいうの？
余裕があればやさしくなれるの？
もしかして。
わたしは、考えもなしに母がわたしにしたとおなじことを息子にしている？
理由も背景も立場もまったくちがうのに？
え。考えもなしに？　え。母とおなじことを？
おばあちゃんの言葉としわを伝う涙が、今ごろになって、矢のように刺さります。
「親かて迷うし、親かて揺れる」
わたしは、今、己の、ため息に押しつぶされそうです。

親のこころ、子のこころ

夢をみました。

子どものころのわたしがいます。隣に幼い弟もいます。

母は真顔でわたしに何か言っています。わたしはその場に立ちつくし、母の口元をじっと見ています。

「ともちゃん、聞いてる？　お母さんが、今、何、言うてんのか、ほんまにわかってる？」

「ごめんなさい」が言えたら、どんなにいいでしょう。反省していることを伝えられたら、どんなにいいでしょう。そうとはわかっているのに、わたしは声が出ないのです。心臓がバクバクしています。頭のなかではあやまっているのに目から涙は一滴も出ず、その場から一ミリも動けず、ただ、母の口元を見るしかないのです。

別の思いが、おなじ頭のなかで、ぐるぐるまわります。

お母さんはわたしがきらいなのかな。

お母さんはわたしがじゃまなのかな。

わたしなんて、いない方がいいのかな。


こんなとき、おばあちゃんは近くにいません。おじいちゃんも父もいません。隣にいる小さな弟は突っ立ったまま、両腕で顔をかくしながら泣いています。おこられているのは弟ではなくわたしなのに、わたしはどうしても泣けません。

不思議なことに、母の余裕のなさが手に取るようにわかりました。

母なりに、言葉をつくしてわたしに伝えようとしているのです。

今、言わなければ。

今、伝えなければ。

今じゃないと、わたしの頭からこぼれてしまう。

今じゃないと……。

場面が変わりました。

いつのまにか、わたしの隣におばあちゃんがいます。おばあちゃんはわたしの方を向き、座っています。繕いものをしながら、ゆっくりおだやかな声で、静かに言うのです。

「ともちゃん。母ちゃんはな、あんたが憎ぅておこってはるんや、ないえ。あんたのこと大事やから叱ってはるんやで。もの言いがきつうなるんは、しゃあない。母ちゃんも必死なんや。ゆっくりあんたにかまいたいのに、かまう時間があらへんのや。母ちゃんはあんたのこと大事に思ぉてる。それだけは、ゆめゆめ忘れたらあかん。ええな、わかったな」

ふと目が覚めると、わたしの頬はぬれていました。

夢でしょうか。

うつつでしょうか。

あれ？　わたしは子どもで、叱られていた？

あれ？　わたしは母として、叱っていた？

ぼんやりしながらも、頭のなかは混乱する一方で、涙がとまりません。

子どものころ、夢とおなじようなことを何度も言われました。母に。

そのたびに、夢とおなじようなことをいつも思っていました。わたしは。

そして、おばあちゃんはいつもおなじことを言うのでした。

「母ちゃんは、あんたのこと、ほんまに大事に思ぉてるんやで」と。

今。高校生の息子は、夢のなかのわたしと、おなじ思いをしているのでしょうか。

今。わたしは、息子を追いつめている？

息子を傷つけているのは、わたし？

「子どもの話を聞く」

「子どもを待つ」

「子どもを信じる」

頭ではわかっているのに、今日も何一つできなかった……。

それって、何もわかっていない、ということじゃないか。

何か大きなかたまりが、わたしのなかで、ずんと居座り続けています。

だいじょうぶか、と、だいじょうぶ

あの花見から二年後の春。おばあちゃんに聞かれたことがありました。

「ともちゃん。ゲンキちゃんにだいじょうぶか？　って聞いた、て言うてたなあ？」

「うん。聞いてるえ。学校楽しいか？　だいじょうぶか？　って」

「それはそうと。あんた、中学生のころ、楽しかった？」

「別に。楽しいも、なんも思わへん。ただ学校行ってただけ。塾のほうが楽しかったかも」

「それ、ゲンキちゃんかて、おんなじちゃうか？」

「え？」

「学校なんて、気ぃ合う子合わん子いるわいな。気もつかうし、気疲れもするわいな」

「うん」

「親言うんは、不思議なもんでな。自分の子ども時分のこと、すっかり忘れるんやろな。それで、我が子には、自分の思う理想の子ども、押しつけるんやからなあ」

「……」

「え?」

「あんた。ゲンキちゃん、だいじょうぶなわけないやん」

「だいじょうぶなわけないやん。あの顔みたら、わからんか?」

「どうしよう、おばあちゃん」

「どうしよう、も、こうしようも、あるかいな。あんた、腹くくってる?」

「腹くくるって?」

「覚悟もってたら、そないに軽々しゅう、だいじょうぶか? なんて聞けるもんちゃうえ」

「あ? え? あたし、毎日、聞いてたかも」

「そやから、言うんやがな。あんた、親やろ? あんたがウツクツしてどないすんねんな。親に、心配そうな顔で〝だいじょうぶか?〟なんて聞かれてみいな。まだ、子どもやで。心配させんとこ、て思ぉて〝だいじょうぶやで〟て、こたえてまうがな。

子どもはな、どんな状況でも、自分押し殺してでも、親の期待にこたようとするねん」

「……」

「そもそも、親の思いが、悩みのタネな場合もあるんやから」

「……」

「ほんまに、ゲンキちゃんのこと大事に思ぉてるんやったら、ゲンキちゃんの身になって自分を見とぉみ。家のなか見とぉみ。ゲンキちゃんの身になって学校生活、想像しとぉみ。ゲンキちゃんに押しつけてるかもしれん理想を、息子やのうて、自分にあてとぉみ」

「……」

「どうや？　〝だいじょうぶか〟なんて聞いてる場合や、あらへんやろ？　面と向き合うしか、ない。まずは己と。それと夫と。まずは向き合わな、始まらへん。子どもと向き合うんは、それからや。己の考え、根底からひっくり返さんならんことに、なるやもしれん。それでも。それだけの一大事や。ここ一番の大ごとや。ともちゃん。とにかく。向き合うしかない。逃げんと。あきらめんと」

「うん」

「口で言うほど、簡単なことでは、ないで」

「はい」

「相当の覚悟いるで」

「はい」

「親が腹くくったら、子にはわかる」

「はい」

「そのためには、あんた。笑うときには笑ぉて。気ぃぬくとこはぬいて。遊びよし」

「へ？　どういうこと？」

「それも覚悟のうちやがな。ゆるゆるする一方で腹くくる。ゆるゆるしながら腹くくる。だいじょうぶ。ゲンキちゃんは、ちゃあんと育ってる。このおばばが保証する」

「だいじょうぶか、とは聞かない」。「だいじょうぶ。ゆるゆるしながら腹くくる」。

自分に言いきかせるしか、ありませんでした。

自分に言いきかせるだけで、精いっぱいでした。

あきらめる

息子は高校生になりました。

夏休み最後の日。

息子が、クラブ活動中に大ケガをしました。

練習中に転倒し脳震盪をおこしました。顧問の先生から連絡を受け、駆けつけることができたのは、わたしや夫ではなく、大学生になったばかりの娘でした。旅行帰りで京都駅についた娘は、学校からの連絡を受け旅行鞄を携えたまま息子を迎えに行ったのでした。保健室で安静にしていた息子は、迎えにきたお姉ちゃんにタクシーにのせられ帰宅しました。その晩は、娘がつきっきりで息子の容態を見守りました。

翌日わたしが東京から帰宅したとき、緊張がゆるんだのでしょう、娘は泣き出しました。

幸いなことに、脳波の検査に異常はなく息子はしばらく自宅で安静休養することになりました。

実は、息子がクラブを入部するまでには、一ヶ月を要しました。わたしと夫が、諸手をあげて賛成しなかったからです。息子がスポーツをすることは大賛成でしたが、何もそんなに激しいスポーツを選ばなくても、との思いがありました。

息子が入りたい運動部はケガがつきもので、まわりの人に聞くと、その度合はわたしの想像をはるかに超えていました。練習量、練習時間ともに多く、それ相当の覚悟をしなければ留年しかねないほど、勉強時間がとれないこともわかりました。活動には親の応援や協力（試合会場への送迎から合宿のサポートまで）が不可欠であることも知りました。

勉強と両立させる覚悟はあるのか、両立させるために何かをあきらめる覚悟はあるのか、とたずねたとき、息子の返事は、わからないが努力をする、というものでした。

あとから考えると、この返事は「誠実そのもの」でした。約束なんてできないし、そもそも約束すべきは、親に対してではなく自分自身に対してするものなのですから。

でも。

その返事を聞いたとき、わたしは、それは息子の「迷い」であると、受け取りました。息子が一か月間仮入部のままでいるのは、息子が迷っているからだと思いました。それは、わたしの思い込みでしかありませんでした。なにしろ息子は、仮入部状態でいる、ということで、彼なりの覚悟をしめしていたのですから。

ゴールデン・ウイークのはざま。

わたしと夫は、息子に、成績を落とさないことを条件に、反対表明の矛をおさめました。

ゴールデン・ウィークが終わりました。

息子はお弁当を二つ持って朝早く登校するようになりました。帰宅は毎晩八時過ぎ。練習着を洗濯するのがせいいっぱいで、晩ご飯も食べず風呂にさえ入らずその場で寝てしまうこともありました。土日は、試合のため朝早くから夜遅くまででかけます。当初聞いていた週に二回のクラブ休みの日は、全員参加の自主練習のため、ありませんでした。息子が家で身体を休める日はなく、授業時間に寝ていただろうことは想像に難くありません。約束事の一つであった、お弁当箱洗いにまで手などまわるはずもなく。勉強については、何をかいわんや、です。

約束事をなし崩しにしたのは、わたしの方からです。

弁当箱を、使い捨て容器に変えました。中間テストでは赤点がならんだのに、ハラハラするばかりで息子が乗り越えられるような知恵や助け船を出すこともせずに、期末テストに期待するから、と流してしまいました。

入部前にあれほど時間をかけ、話し合ったのに、息子にあれほど覚悟をせまったのに、わたしは、息子をみるたびにため息をつくばかりで、親の覚悟をとうに忘れていました。

当然のことながら、息子の一学期の成績は惨憺たるものでした。

そして、夏休み。練習。合宿。練習。試合。練習。息子はほとんど家にいませんでした。

夏休み最後のケガは、息子の不安から、起こるべくして起こったのかもしれません。夏休みの課題や再テストの準備など、何一つできなかったのですから。

ケガはつきものだと納得したはずなのに、あの日、脳震盪を起こした息子を迎えに行くことができなかったわたしは動揺し、罪悪感と心配がふくれあがりました。娘が幼かったころ、入院したことを思い出したのです。夕方、仕事を終え病院に行くまで、ひとりぼっちにさせたことを。

二学期、中間テストを前にしてのことでした。

練習に復帰したばかりの息子が、練習中に、二度めの脳震盪をおこしました。わたしの心配は最高潮に達しました。それは、夫からも冷静さを失わせるにじゅうぶんなできごとでした。わたしは、夫を説き伏せ、しばらくのあいだ、休部するようにと息子に言い渡しました。夫と息子とわたし。どれほど話し合ったことでしょう。

今から思いかえすと、話し合ったというより、わたしたち親が二人がかりで息子に言い聞かせたのです。息子は、親二人の正論に屈するしかありませんでした。親のいうとおり、クラブを休部しました。中間テストの結果から、親の求める「生活と勉強を立て直せるまで休部する」期間は期末テスト後まで、となりました。それは、息子にとっては、永遠を意味したも同然でした。息子は、一度だけ、わたしにつぶやきました。

「中間テスト終わって二週間たっても、クラブに復帰しいひんから、先輩や友だちの目、つらいねんな……」

わたしは、息子のおかれている状況を想像すらしませんでした。悲痛な叫びに気づきもしませんでした。

息子は、日に日に無表情になっていきました。

息子は、わたしや夫に何も言わなくなりました。何も言わなかったのではありません。何も言えなかったのでしょう。何もかも「あきらめた」、のかもしれません。


とうとう、息子は学校に行けなくなりました。そんな息子の姿を見て、はじめて、わたしは、親としての願いが目の前の息子とずれていたことを思いしらされました。

おばあちゃんを何度思いおこしたことでしょう。聞いたそのときには、さほど、気にもとめず、てきとうにあいづちをうって聞き流してさえいたおばあちゃんの言葉。

「ともちゃん。人のええとこ見て暮らそ、やで。子どものええとこ見て暮らそ、やで」

「〝お母ちゃん〟、て言うんはな、子どもの〝ええとこ〟だけ、眼ぇ向けてたら、ええんや。〝都合のええとこ〟や、ないで。〝ただのええとこ〟やで」

「モモちゃんはモモちゃん。ゲンキちゃんはゲンキちゃん」

自分のまわりだけ時間がとまったようでした。部屋にこもり続ける息子を前に、時間だけが、過ぎていきました。

いちばんの苦労

また夢をみました。夢のなかで、おばあちゃんが言いました。

「あんた、苦労ってなんやて思う?」

「苦労? おばあちゃんの言う、苦労いうたら、戦争かなあ? それとも破産したこと?」

「戦争や文無しは、苦労やあらへん」

「ほな、おばあちゃんの苦労て何?」

「大事な人と、こころ通わせられへんこと」

「それが、苦労なん?」

「そやで。それが一番の苦労。いっしょに住んでる家族、毎日、顔合わす家族に、自分の言うこと、思うことが、どないしても、通じひんかったら、どないや?」

「つらいなあ」

「たった一言〝気ぃつけな〞が通じひん。〝待ってるで〞が伝わらへん。〝あんたのこと、大事に思ぉてるで〞って言うても言葉どおりに、伝わらへん。逆にそれが重石になる」

「おばあちゃん。それって」

「この子には、誰の言葉も耳に入らへん。目ぇあけて、見ようともせえへん。ひとりでさまようてる。あげくの果て、焼けのやんぱちになってる。

なんで伝わらへんようになったんや？　何がわるかったんや。どこでまちごぉたんや。

この子こんなに苦しんでるのに。ひとりで苦しんでるのに。

〝ひとりでかかえこまんでも、ええんやで〞。伝えたいのに、伝わらへんのは、なんでや？

なんでなん？　伝わらへんのは、なんで？　この子が、耳ふさいでるからか？

ちがう。あたしや。あたしが、耳ふさいでたんや。あたしが、目ぇふさいでたんや。

この子の、そのまんまを、聞こうとせんかったからや。

この子の、そのまんまを、見ようとせんかったからや」

わたしが口をはさもうとしても、おばあちゃんには聞こえないようです。

「この子のほんまのほんまを、ほんまのほんまのこの子を、あたしは見ようと、せなんだ。聞こうと、せなんだ。

そやのに。こころ通わせられへん、て。いったい、あたしは何たわごと言うてんにゃ。それで。この子このままこないして、何もせんと、ほっとくつもりか？　あたしは。〝見守る〟なんてきれいごと言うて。なんもせんと、ただ、じっとしてるだけやないか。ほな、いったい、どないしたら、ええんや？　そもそも。どないしたいんや？」

「おばあちゃん……」

「つらいねん。どうしょうもなく、つらいねん。あの子のうつろな目、見るんが何よりつらいねん。こないにしてしもぉたんは、あたしや。

そやのに、あたし。あの子の笑う顔が見たい。見たい、てか？　あの子に大事なことを伝えたい。伝えたい、てか？　いったい、何様やねん、あたしは」

夢かうつつか、わかりません。おばあちゃんの言葉なのか、自分が思っていることなのかさえ、わかりません。

「自分が狂ってたんや。欲目や。欲目だしてたんや。欲目だしすぎたんや」

「おばあちゃん……」

「わきまえる、しかない。腹くくって、わきまえる、しかない。

これだけは、逃げたらあかん。ここだけは、流したらあかん……」

「おばあちゃん！　お願い。聞いて。あたし、今、ゲンキとこころ通わせられへんねん」

「ともちゃん。あのときの自分、ようぉ思い出しとぉみ。あのとき、してほしかったこと、
してほしなかったこと、ようようぉ、思い出しとぉみ」

浅い眠りのなか、おばあちゃんの口グセが何度もこだましました。

「だいじょうぶ、だいじょうぶやで」


もう、四六時中、嘆き悲しむんは、やめにしよう。思いわずらうんは、やめにしよう。


となりで寝ていた夫がつぶやきました。

「とも～、寝言多すぎ～。おばあちゃん、おばあちゃん、って、泣いてたで」

あたらしい朝。息子が学校に行けなくなって三週間めの朝のことでした。

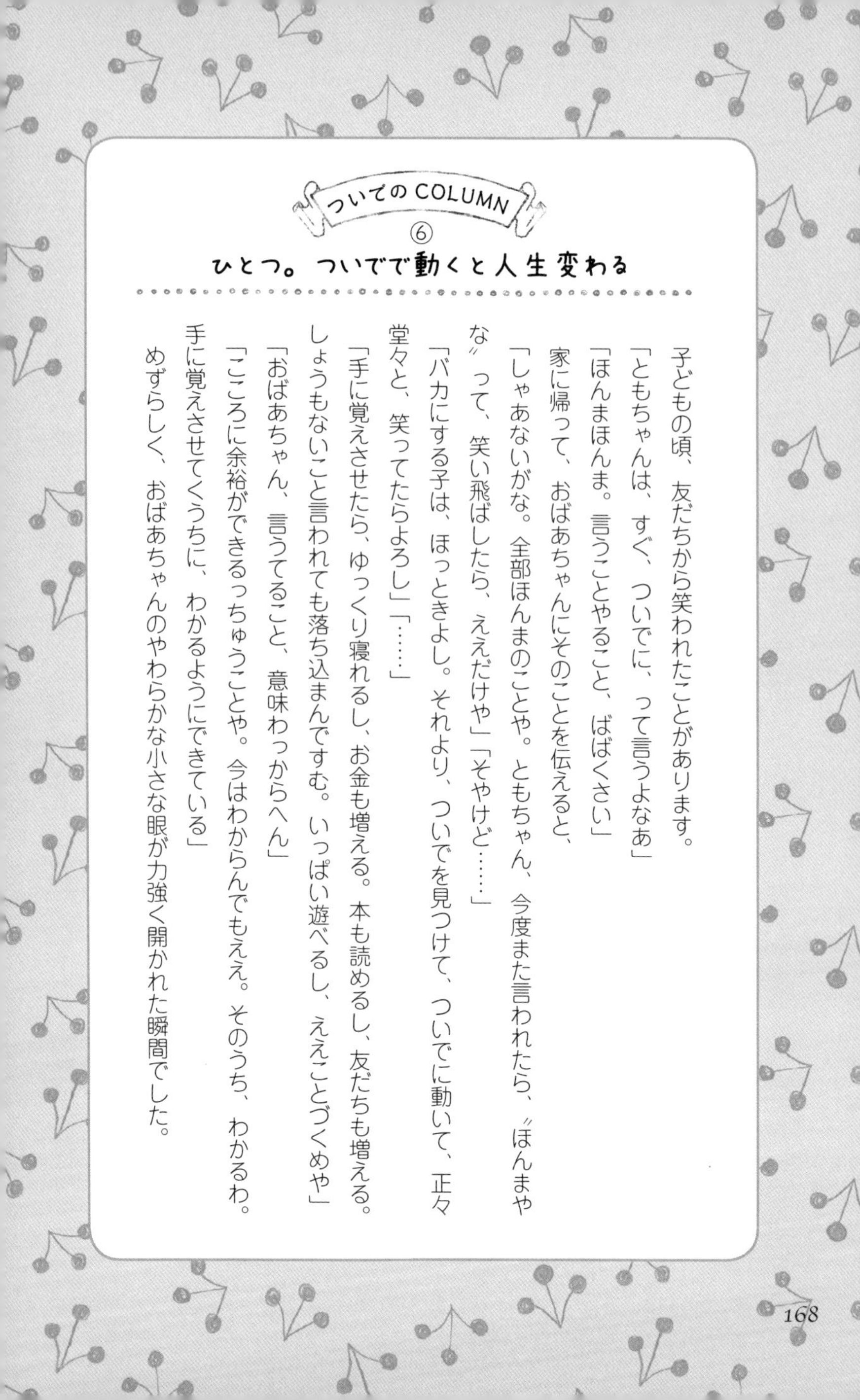

ついでのCOLUMN
⑥
ひとつ。ついでで動くと人生変わる

子どもの頃、友だちから笑われたことがあります。

「ともちゃんは、すぐ、ついでに、って言うよなあ」

「ほんまほんま。言うことやること、ばばくさい」

家に帰って、おばあちゃんにそのことを伝えると、

「しゃあないがな。全部ほんまのことや。ともちゃん、今度また言われたら、〃ほんまやな〃って、笑い飛ばしたら、ええだけや」「そやけど……」

「バカにする子は、ほっときよし。それより、ついでを見つけて、ついでに動いて、正々堂々と、笑ってたらよろし」「……」

「手に覚えさせたら、ゆっくり寝れるし、お金も増える。本も読めるし、友だちも増える。しょうもないこと言われても落ち込まんですむ。いっぱい遊べるし、ええことづくめや」

「おばあちゃん、言うてること、意味わっからへん」

「こころに余裕ができるっちゅうことや。今はわからんでもええ。そのうち、わかるわ。手に覚えさせてくうちに、わかるようにできている」

めずらしく、おばあちゃんのやわらかな小さな眼が力強く開かれた瞬間でした。

第7章　波風たってあたりまえ

子どもが自分で起きるには

「ゲンキ。六時やで。起きる時間やで」

「ん」

「ゲンキ、起きなさいって。朝、勉強するから早ぉ起きるって、言うてたやないの」

「わかってる」

「ゲンキって！　今すぐ起きなさい。もうほんまに知らんで！」

「……」

「ゲンキ！　起きひんのやったら、起こしてなんて、言わんといて！」

「うっさいなあ。もう、ほっといてくれや」

高校生の息子。期末テスト初日の朝。息子が起きてくる気配はいっこうにありません。

登校時間の三十分前になっても息子は起きてきません。そして、とうとう十五分前。

「ゲンキ！　あんた、ええ加減にしいや。今、何時やと思ってんの！」

「やば、やば、やばっ！　うっわ！　やばいやん！　なんで起こしてくれへんかったん！」

「あんた何言うてんの。起こしたがな。何回も起こしたえ。ほっといてくれ、言うたがな」

息子は冷めたみそ汁をかきこみ、そのくせ、しっかりシャワーをあびて、飛び出していきました。


いつのころからでしょう。何度起こしても起きない息子に腹を立てるようになったのは。はじめのころは息子を心配しました。そのうち情けなくなりました。とうとう、苦々しい思いを通り越して腹を立てています。ほっときゃいいのに。ほっとけない。そんな自分がふがいなく、そして腹立たしい。

わたしのこころは「もう高校生なのだから」と「もう高校生なのに」をいったりきたり。（息子は息子。いい加減、手放せよ、わたし）と思う日もあれば、（こんなはずじゃない。こんなはずじゃなかったのに）と思う日もある。抜け出したいのに、抜け出せない。

これみよがしに音をたて食器をあつかってしまう。片付けているのに気持ちはどんどんすさんでいく。「ていねい」から程遠い暮らし。今日という今日は、こんな自分が、ほとほといやになりました。ため息すらでません。代わりに涙がでてきました。

ざらついてごわごわした自分の手をぼんやりながめていると。

雀の声が耳に飛び込んできました。大きな鳴き声。すぐ近くにいる? 窓辺を見ると、カーテンがゆれています。それにあわせて床の光もゆれうごいています。

朝がこんなに静かだったとは。こんなにさわやかで、こんなにきれいだったとは。

ああ。いったいわたしは毎朝何をしていたのでしょう。息子を追い立てるように起こし、会話らしい会話もせず、威嚇するかのように大きなため息をついて、険しい顔で送り出し。

息子のみならず夫も娘も、さぞかし、いやな朝を過ごしていたことでしょう。

たった一年半前。

あれほど、つらい思いをしたというのに。腹くくったんじゃ、なかったのか、わたし。

喉元過ぎれば熱さを忘れる、かよ。いい加減にせえよ、わたし……。

急に、わたしが高校生のころのことを思い出しました。

「ともちゃん。起きんでええんか?」

おばあちゃんは毎朝そっけなく声をかけるだけでした。小さな声で一度だけ。わたしはおばあちゃんに、よく、八つ当たりしたものです。

「おばあちゃん、ちゃんと起こしてーな。あんな小さい声、聞こえへん。起きられへんわ」

そのたびにおばあちゃんはかるく受け流すのでした。

「あれがおばあちゃんの起こしかた。あれ以上もあれ以下もない。起きたかったら自分で起きよし」

もしかして。

わたしが息子を起こすのは、本人のためではなく、自分のためだったとしたら。息子が母親なしでは起きられないように、しているのだったとしたら。こころのどこか奥底で、息子には、いつまでも甘えてもらいたいと願ってのことだったとしたら。

ああ。だから、だから釈然としなかったのか。こんなに自己嫌悪におちいっていたのか。信じたくはないけれど、そう考えるとすべてのつじつまがあうようです。

言い方ひとつと十人十色

三十数年前の秋。高校三年だったわたしは、勉強そっちのけで、体育祭や学園祭の準備に飛びまわっていました。睡眠は平均四時間。おばあちゃんのつくる食事には目もくれず、菓子パンやお菓子でお腹を満たす毎日。このような生活が二ヶ月ほど続きました。風邪をひかないわけがありません。体育祭直前、授業を休む一方で放課後練習にでかけたその夜、仕事から帰ってきた母と台所で鉢合わせしました。いきなり母は、

「家のなか、うろうろしてんと、早よ寝なさい！」

聞いたとたん、わたしは母にひどい悪態をつきました。かけてほしい言葉ではなかったからです。母は怒り、怒る母にわたしはむくれ、むくれたわたしに母はまた怒りました。

翌朝。目をはらして毛布にくるまるわたしに、おばあちゃんは言いました。

「ともちゃん。母ちゃんはな、あんたのことが心配でたまらんのや。あんたが危なっかしいて、心配でたまらんのや。もっと自分の身体を大事にしてほしいんや。何とかあんたにわかってほしいから、言い方が力んでしまうんや」

「あれが心配な言い方か？　あんな言い方ないわ」

「あんなあ、ともちゃん。人それぞれ言い方があるねん。

十人十色て言うやろ？　母ちゃんには母ちゃんの言い方があるねん。父ちゃん母ちゃん、おじいちゃん、あたし。おんなじこと言うんかて、みな言い方がちがうねん。

母ちゃんの言い方にいちいち勘たてなさんな。人の言い方にあんたがどうこう言うもんとちゃう。あんたは……」

「もうええ、わかった。わかったし。もう放っといて」

「母ちゃんはな、あんたのことほんまに大事に思ぉてる。それだけは覚えとき。ええな」

わかりませんでした。あのときのわたしは、これっぽっちもわかりませんでした。母が言うこともおばあちゃんが言うことも。

きゅうくつで、うっとうしくて、耳の痛いことばかりでした。

つい最近のことです。高校三年生の息子が高熱を出しました。学園祭が近いからと毎晩寝るのが遅く、朝食もそこそこに出かける生活を続けたからでしょう。「早く寝なさいや」「ちゃんとごはん食べなさいよ」と口をすっぱくして言っても、かえってくるのは調子のいい返事だけ。そしてダウン。

ある朝。数時間前までウンウン唸っていた息子が、リズムをとりながら冷蔵庫のなかを物色してるのを見て、わたしはつい大声を出してしまいました。

「ゲンキ、あんた、何、家のなかうろうろしてんの。早よ寝てきなさい！」

「あんた熱出して水くれ薬くれ医者いく、言うて一晩大騒ぎしてたくせに。何やの、それ。」

息子はぼそっと悪態をつきました。そのとたん、わたしは、

風邪ひいてるんやったらおとなしゅう寝てなさい。ほんまにもう。人の心配何やと思ぉてんの。そもそも、ごはんもろくに食べんと、夜遅ぉまで起きてるから寝込むんやないの」

「それ、今言うこと？　言われた俺が、そのとおりです。反省してます、と言うと思う？」

「あんた、何やの！　その言い方」

「いや、その言葉、そっくりそのまま返しますわ」

「ががた言わんと、おとなしゅう寝てきなさいな」

「ががた言い出したん、自分ちゃう？　もう言いたいこと全部言うた？　もうええ？」

わたしの頭の血の上がり具合に対し、息子の返事の冷ややかなこと。


夜。お風呂に入り湯船につかると、ため息がとまりません。言葉足らずなわたし。思いが通じないもどかしさ。息子の冷めた言い方。（なんで、伝わらへんのんや。ああ）

たゆたう湯のなかで掌をぼんやり見ながら、おばあちゃんならなんて言うだろうな、と思った瞬間、今日が三十数年前のできごととおなじであったことに、がくぜんとしました。

母はわたしが危なっかしくて心配だったのだ。わたしが息子を心配するとおなじように。

母はわたしを大事に思っていてくれたのだ。わたしが今、息子を思うのとおなじように。

もしかしたら母は自分の言葉の足らなさに落ち込んでいたかもしれない、このように。

伝えたいことが伝えられないもどかしさに、うちしおれていたのかもしれない、一人で。

ああ、お母さん、ごめんなさい。

ああ、おばあちゃん、わたし、今日もまた、頭を打っています。

ものは言いよう、受け取りよう

ある日曜日。息子がプレゼン大会に友だち二人と出場しました。

夫とわたしはその発表を見にいきました。その夜のことです。

「なあ、ゲンキ。コースケとユーイチのお家の人は来はらへんかったん？　挨拶しようと思ったけど、会われへんかってん」

わたしが言うと、

「二人の親は見にきてへん。二人とも、親には来んといて、と釘刺したらしい」

「そうかあ。二人は今そんな時期かあ」

「なんや、それ。なんや、その言い方」

息子は気色ばんで立ち上がりました。おだやかな夕食の時間にさざなみがたちました。

「え？　なに？　あたし、なんか失礼なこと言うた？」

「それや、それそれ。その言い方がカチンとくるんや。

あんなあ、母さん。今さき、自分、〝二人ともそんな時期か〟って言うたよな？　それ、上から目線なんや。明らか上から目線。〝うちの息子はその時期はもう終わったんですわ、おほほ〟って顔に書いてあるで。それがたまらんのや。

一事が万事。いっつもや。上から目線か、卑屈に落ち込むか、の、どっちかや。

俺は、それが、たまらん嫌なんや」

「まあまあ、まあまあ。今日は、ゲンキの姿を見ることができた。

それだけで、俺らは大満足や。そやろ？　とも」

夫のとりなしでその場はおさまったものの、息子の言葉が、二日たっても三日たっても頭から離れません。わたしが「上から目線」と「卑屈に落ち込む」をいったりきたりしているとは、うまく表現したものです。まったく、息子の言うとおりです。ああ。

その次の日曜日の朝。夫がニュースを聞きながらつぶやきました。

「なんで、この女の人そんな言い方したたんやろなあ。そもそも、なんでそんな受け取り方したたんやろなあ」

夫のつぶやきを聞いたとたん、

「ん？　これ。これとおなじ言葉聞いたことある」

昔のことがよみがえりました。そうです。まさにこの言葉でした。

高校生のころ、母の何気ない一言にわたしが過剰に反応し大ゲンカしたことがあります。

翌日、おばあちゃんがわたしに言ったのです。

「ともちゃん。昨日、母ちゃんに〝上から目線な言い方するんがきらい〟って言うたなあ」

「言うたで。それが何か？」

「なんで、あんたはそないな言い方したたんやろうなあ。そもそも、なんで、そんな受け取り方したたんやろなあ」

「何なん、おばあちゃん。母さんに失礼なこと言いなさんな、とでも言いたいん？　言葉どおりに受け取りなさい、素直に言いなさいっていつも言うくせに。意味わっからへん」

わたしは、口を開きかけたおばあちゃんを横目でにらみながら部屋を出ていきました。

しばらくすると、めずらしくおじいちゃんが二階へあがってきたのでした。

「とも。ちょいとええか？」

普段はもの静かなおじいちゃんの低い声は、いやとは言わせない何かがありました。

わたしは正座しておじいちゃんを部屋に迎えました。おじいちゃんも正座しました。

「とも。おまえ、おばあちゃん子や言われて、どない思う？」

「別に何も思わへん。そのとおりやん、おばあちゃん子やで、あたしは」

「ばあちゃんはな、おまえやてつが、人からおばあちゃん子や言われると、落ち込むんや」

「は？　なんで？　なんでおばあちゃんが落ち込まなあかんの？」

「じじ子ばば子は三文安い、て言うやろ。自分が育てて三文安にしてしもたて思うらしい」

「何じゃそれ。あたしも、てつも、安ぅなるはずないやん。三文高いで」

「おんなじこと母ちゃんも言いよったわな。それで一件落着や。

人ってな、言葉のとりようが、ことほどさようにちがうんや」

「そやかて。そしたら、あたし、どうしたらええん？　そんなむずかしいこと言われても。

あたし、どうしていいんか、わからへんわ」

「わしにもわからん。

総理大臣かて苦労の連続や。おまえ、覚えとるか？〝まっこと遺憾です〟て。てつと真似して、よう笑ぉてたよなあ。万人向けやと、あない、なるんやのう。ものは言いよう、受け取りようや。言葉っちゅうんは、ことほどさようにむずかしい。そういうこっちゃ」

そういうこっちゃが、どういうこっちゃか、まったく不可解なおじいちゃんの話でしたが、「おばあちゃん子」から総理大臣の「遺憾」におよぶほど大切な話だったことは確かです。何しろ、おじいちゃんとの問答。三十年たって、このように思い出したのですから。


あれやこれやを思い出すと、今の息子は三十年前のわたしそのものです。

先日の息子の荒れようは、しかたない。あれはあれで、息子の受け取り方なのだから。

多感なお年頃。だれもがとおる道。親のこころ持ちが透けて見えるようになったぶん、親のアラが許せないのも理解できます。

とはいうものの、いや、だからこそ。わたしがいちいち落ち込むことはない。

わたしよ。もう、ふにゃふにゃするのは、やめよう。わたしは等身大の自分を少しでもよくしていくしか道はない。毎日が理想どおりにいかないのは現実。現実がきびしいのはあたりまえ。

息子よ。わたしは万人に向けて話していたのではなく、あなたに話をしていたのだ。

あの日。コースケとユーイチ、二人の親御さんに会いたかった。会って話がしたかった。

子育ては思いどおりにいかない現実。息子にこころを砕き、こころが砕ける毎日。そんな現実と真正面から向きあっている人に会いたかった。ただ、それだけのこと。

「上から目線」も「卑屈」も、あの日にかぎっていえば、ない。

ものはとりよう。思いよう、だ。

どうとでも意味がとれるようなあいまいな言葉はつかわない。

わたしは「誠に遺憾」はつかわない。息子と直球で会話する。ただ、それだけ。

そういうこっちゃよね、おじいちゃん。

男の子を育てる

おばあちゃんが生きていたころ、おばあちゃんを週に一度訪ねると、わたしは一週間のできごとをよく話したものです。認知症のおばあちゃんはわたしが誰だかわからないようでしたが、話すうちに名前がすらすらと飛び出すこともめずらしくなく、このことをわたしは「スイッチがはいる」と呼んでいました。それはたいてい、おばあちゃん自身が苦労したことや、孫を育てることなど、思い入れが強いときのようでした。

息子が中学三年生のころ。わたしが、息子についてぼやいたことがあります。

「夜は遅まで映画見てるし、朝は起きひん。やっと起きたと思ぉたら、朝ごはん食べんとシャワーだけ浴びて学校へ行く。帰ってきたら帰ってきたで、モノも言わんとごはんかき込んで、お風呂も入らんと寝る。部屋はぐしゃぐしゃ。いっつも探しもんしてるわ。

服は、どれがきれいでどれがきたないか、わっからへん。

家の手伝(てつだ)いにいたっては、言わなやらへん。やってもおざなり、ええ加減。

もう、ほんま、たまらんで。おばあちゃん、どう思う？」

おばあちゃんはひざに手をあてリズムをとりながら、言いました。

「あんた、三年寝たろう、知ってるか？」

「三年寝たろう、って、あの昔ばなしの三年寝たろう？」

「そや。なんもせんと寝てばっかしの寝たろうや。三年たったら起き出して村人のために大働きする、あの寝たろうや。

男はな、皆、三年寝たろうの時期があるんやと。言うたら、そやって男になっていくんやろぉなあ。

ゲンキちゃんもおんなじ。大きゅうなったら、世のため人のために大働きしはるわ。それまでは、あんた。ちんまいことに目くじらたててキーキー言うてんと、だまっ〜て待っておやり」

「そやけど、おばあちゃん。傍(はた)にいてたら、このままでええんやろか、て心配になるえ」

「ふふっ」

「何がおかしいん？　おばあちゃん。笑い話ちゃうえ。あたし、真剣え」

「いや、あんた。あんたかて、三年寝ひめ、やったがな」

「あたし、そんな、ひどぉなかったえ。それにあたし、寝ひめ、ちゃうし」

「まあまあ。とにかく、だまって待っておやり」

「待て待て、って、そんな簡単に言うけど……」

「そら、そうや。このおばばかて、息子で苦労し、孫でも苦労したしなあ」

「ああ。家抜け出して朝帰りしたこと？　〝おばあちゃんは待ってるで〟は強烈やった」

「年頃いうんは、親の心配もへったくれも、あるかいな。

親の意に逆ろぉて、抗ぉて、するんやわ。ありゃあ、本能やろなあ。

そんな時期にやで、あんた。親のいいなりになってるほうが、どんならんえ。いつまでたっても、ひとりだちできひんがな。はたまた。親のほうがやで、失敗せんように失敗せんようにて口出しして口出しして、子の力(ちから)削ぐなんてしてみ、目もあてられへんえ。

この時期はな、ともちゃん。波風たってあたりまえ。たたへんかったら、あとで嵐や」

「うん」

「それとなあ、あんた。自分が一番つらいて思ォてへんか？　一番つらいん誰やと思う？」

「え？　あたしやのうて、ゲンキってこと？」

「そやで。ゲンキちゃんや。

自分はほんまにこれでええんやろか。自分に価値なんてあらへんのとちゃうやろか、て思い悩んでやると思うで。そやって、身の丈知っていくんやろけどなあ。たてつくぐらい、たてつかしたり。あんたの意にそむくことぐらい、なんでもない。ガタガタ言いなさんな。ほれほれ、そんな顔せんと。あんた、お母ちゃんやろ？　しっかりしなはれ。あんたはどんと構えてたら、ええだけやがな。寝たろう信じて、そォっと、しといたり。三年なんて、あっちゅうまや。だまって待ってやりなはれ」

「スイッチ」がはいったおばあちゃん節は、なかなかの聞きごたえでありました。

おばあちゃん。あれから、かれこれ四年近くたつんですけど。

生きていたら、笑い飛ばすかな。「誤差の範囲やがな。ちんまいこと言いなさんな」て。

ほんまのほんまに？

高校生の子どもたちを見るたびに、自分自身が高校生だったころのことを思い出します。わたしは、授業をさぼり親にかくれて遊んでばかりいました。

高校に入学したときには、教科書とノートが詰まった学生かばんを持ち、制服スカート丈は校則どおりのひざ下で、ブラウスボタンは一番上までとめ、無遅刻無欠席で登校していたというのに。着るもの履くもの言葉づかいが日に日に薄く軽く短くなっていく孫娘をおばあちゃんたちはいったいどんな思いでみていたのでしょう。

ある日のこと。帰るのが夜の十時をすぎてしまったことがあります。ボーイフレンドにふられた日のことでした。そろりと玄関格子戸をあけ一歩踏み出したとたん「おかえり」と玄関わきで繕い（つくろ）ものをしていたおばあちゃんに声をかけられました。

わたしは驚きのあまり、腰を抜かしそうになりました。夕方に帰ってきたかと錯覚したほど、おばあちゃんがあたりまえのように座っていたからです。にっこりと「おかえり」と言うと、おばあちゃんは針箱をかたづけ、奥にひっこみました。

着替えもせずに台所で背中をまるめてぼそぼそとご飯を食べていると、おばあちゃんが入ってきてお煎茶をいれはじめました。

「ともちゃんといっしょにお茶飲もうっと」

「あたしはお茶いらん」

食べかけのご飯を口にかきこみ、食器を持って立ち上がろうとすると、おばあちゃんが菓子包みを二つ、袂(たもと)から出しました。わたしは浮かした腰をおろしました。失恋したからといって、大好物にはあらがえません。

黙っておばあちゃんと「あじゃりもち」を食べ、とろりと甘いお茶をすすりました。おばあちゃんは餡のにおいのまじったあたたかい息がかかるほど顔を近づけました。

涙のあとを見るのかなと思いきや、おばあちゃんは、わたしの着ている服をまじまじと見たのでした。まったくの予想外でした。

「ともちゃん。あんた、その服、あんたが選んだんか？」

「あったりまえやん」

「服買う前な、ほんまのほんまにこれが着たいんか、って自分に尋ねとぉみ」

「はあ？　何じゃそれ」

「ほんまのほんまに手に入れたいんか、思案するんや思案。はいこれ、その足しにどうぞ」

おばあちゃんは、ポチ袋をわたしの手ににぎらせ、両手でわたしの手を包みました。

「へ？　どしたん？　何で？　おばあちゃん、寝ぼけてんの？」

「いいや。寝ぼけてなんか、いいひんえ。まあ、ええがな。だまってもろぉとき」

久しぶりに触れたおばあちゃんの手。わたしが大好きだった手。ぬかとハンドクリームが染みこんだしっとりした手。手製の袋を開けると新札五千円が折りたたまれていました。

「服でも食べもんでも何でもな、ほんまのほんまか？　って思案すんねん。自分に、やで。自分で、やで。ほんまのほんまに、これを手に入れたいんか？　って。

なあに、ほんの一時でええ。ちょいと、自分に尋ねてみるんや。

ほななあ、あんだけ欲しい欲しいいて思てたのんが、すーっと消えるときもあるし。

いや、やっぱり欲しい、何が何でも手に入れたい、って思うときもある。人もおんなじやと思うで。ちょいと、自分に尋ねてみるんや。ほんまにこの人のことを好いてんのか？　ほんまにこの人と一緒にいたいんか？　って。そうこうするうちに、ともちゃんがほんまに必要とする人、ともちゃんをほんまに必要とする人と縁ができていくま。おばばのたわごと、やがな。

さ。ほな、そろそろ寝るとするか。母ちゃんそろそろ帰ってくるころや。あと頼むわな」

おばあちゃんが台所を出ていったあとのテーブルには、おみくじのように結ばれた包み紙が二つ残されていました。

こんなことを思い出したのも、娘の帰りが日に日に遅くなったころのことでした。スカート丈が短くなるのと反比例するかのように帰りが遅くなるのは、古今東西、年頃の娘が、皆とおる道なのでしょうか。

おばあちゃんが生きていたころ、認知症のため、施設で暮らすおばあちゃんをたずねた日、帰りの遅い娘の話をすると、おばあちゃんは目をほそめて言ったものです。

「あんたにくらべたら、モモちゃんなんて、かわいい、かわいい。
それよりも、あんた。この言葉、よぉ覚えててくれたなあ。
〝ほんまのほんまか？　ほんまのほんまに、ここに行きたいんか？　ほんまのほんまに、
これ手に入れたいんか？　ほんまのほんまに、これでええの？　自分で自分に尋ねたか〟
これはなあ、おばあちゃんのお母さん、あんたにとったら、ひいおばあちゃんが、よう
言うてはった言葉やねん。おばあちゃんな、今まで頭いっぱいぶつけてきたけどな、その
たんびに、この言葉に、ふりだしに、もどったんや。いや、もどらされた、というべきか。
これはなあ、秘伝中の秘伝や。あたりまえすぎて、あんた笑うけどな。身ぃつけといて
損はない。考えるクセ、つけるんやで。〝ほんまのほんまか？〟って。
時間おいては思案して。その場から離れては思案する。〝ほんまのほんまか？〟って。
人もいっしょ。ものもいっしょ、商いもいっしょ。なんでもいっしょ」
あのときのおばあちゃんは、わたしの手をにぎりしめ、なんども繰りかえしたのでした。
おばあちゃんが逝って三年がたちました。
娘の言動はすっかり落ち着きました。

思い返すと、わたしは二人の子どもたちに自分とおなじ失敗をさせたくなかったのです。

そのゆがんだ思いだけで、子どもたちから経験をうばってしまったのかもしれません。

経験しないことには、何もはじまらない、というのに……。

ゆがみの大元は、親の欲目、なのかもしれません。欲目をはずすには、己に問いかけ続けるしか、ないのかもしれません。おばあちゃんがしてきたように。

〝ほんまのほんまに、これでええんか？〟

〝ほんまのほんまに、このままでええんか？〟

〝ほんまのほんまに、子どもたちに、どうなってほしいの？　そのためには、どうする？〟

自分で、自分に問いかけ続けるしか、ないのかもしれません。いつも。

自分で、自分に問いかけ続けるしか、ないのかもしれません。ずっと。

もしかしたら。大事なことって、一見、なんでもなさそうで、あたりまえで、とても時間がかかることなのかもしれません。

そして。一からやり直し

父の体調がようやく落ち着いたころ、伯父が亡くなりました。父の落ち込みが、とても大きかったのは、父の親兄弟の全員がこの世からいなくなったからかもしれません。

それを境に、あれほどどするすると出てきたおばあちゃんの言葉が、出なくなりました。

娘とけんかしたとき。

息子が、一日のほとんどを自室にこもったとき。

夫が会社をやめると決めたとき。

どうしていいかわからないとき、つらいとき、悲しいとき。わたしが、おばあちゃんの言葉を欲したり、無性におばあちゃんに会いたくなるようなときにかぎって、その言葉は出てこなくなったのです。

気持ちを切りかえようとしました。つとめて明るいことを考えようとしました。でも、そう簡単に、しょうぎの駒を返すようにはいきません。家事をして汗を流しても、思いのたけを綴っても、わたしのまわりの現実は、何ひとつ変わりませんでした。

寝ても覚めても、食べても買い物をしても、気がまぎれるのは一時だけのこと。やはり、現実は何ひとつ変わりません。まるで、森に迷い込んだような感覚です。お日さまもお月さまも見えるのに、目の前の景色がいっこうに変わらないのです。

とうとう、わたしは身体を動かせなくなりました。布団のなかで、自分に眼を向けざるを得ませんでした。

ああ、今、自分は悲しんでいるんだ

ああ、今、わたしは無性に腹を立てているんだ

ああ、今、自分は虚しいんだ

途方にくれ、涙にくれました。明らかにわたしは怒っていました。自分に対して、何に対してかわからない何かに対して怒りました。大声でわめきたくなるほどに。

そのうち。なにもかも空っぽになってしまったようになりました。疲れてはてました。

何時間も眠りました。たくさん夢をみました。夢かうつつかわからなくなるほど、夢をみました。何も見えない、何も聞こえない、何もにおわない。感じない。声さえ出せない。そんな感覚がつづきました。布団のなかの自分まで、消えてなくなってしまいそうでした。どれほど、時間がたったことでしょう。赤ちゃんになったかのように眠りました。起きられるようになっても、こころここにあらず、のような状態が続きました。返事をしたのに、何に返事したのか思い出せません。聞こえているのに、聞こえない。

そうして、一年がたちました。

ある日。雨上がりの夕方、薬局からのかえり道、小さな女の子とお父さんの親子連れにでくわしました。保育所がえりでしょうか。お父さんはふとん袋を肩にかけ、もう片方の手には着替えのつまったスーパー袋を持っています。女の子は、黄色い傘に黄色い長靴、おむつでぽっこりふくらんだ赤いズボン。水たまりをバシャバシャと歩くから、ズボンはびしょびしょです。それでも女の子は水たまりをさがしては、その上を歩きます。気がすんだのか、傘をふりまわしながら、お父さんの待つほうに駆けていきました。

親子連れは、立ち止まっては歩き、立ち止まっては歩き、「かえるの歌」を歌いながら角をまがっていきました。微笑ましくて、いつまでも見ていたい光景でした。

わたしの口からも思わず「かえるの歌」がついてでました。小さく口ずさみながら家路につきました。

夕焼け空が見えたとたん、おじいちゃんとおばあちゃんの顔が浮かびあがりました。

このことがあってから。わたしは、少しずつ自分の「だめぶり」をさらけ出せるようになりました。子どもたちに素直に潔く謝れるようになりました。夫とは学生時代のような関係に戻りつつあり、会話の内容が変わっていきました。

子どもたちの友人やわたしたち夫婦の友人を、ひょいっと迎えられるようになりました。夜に落ち込んでも、あたらしい朝を迎えることができるようになりました。

中学生だった息子は大学生になりました。

高校生だった娘は、来春、社会人になります。

そして。わたしは、少し子どもっぽくなったような気がします。

⑦

ついでの達人

おじいちゃんは明治生まれ。手をのばせば届く新聞さえ、「オイ！」の一言でおばあちゃんに取らせるような人でした。

ところが、仏画を描き終え、清めの台ふきんを絞るおじいちゃんは、台所のふきんも、ついでに洗っていました（ピンと干してある）。下絵用鉛筆を削り終えると、使った新聞だけでなく、おばあちゃんが切り抜いたあとの乱雑な新聞もあわせて整え、だまって麻ひもでくくっていました（新聞の角がそろっている）。

「ついでごと」があまりにも小さいからでしょうか。おばあちゃんが満面の笑みでお茶をいれるからでしょうか。いずれにせよ、おじいちゃんが淡々と動けるよう、おばあちゃんがさりげなくタイミングを合わせ段取りする姿はあまりにも自然で、あまりにも流暢なため、思わず見入ってしまう何かがありました。

「おじいちゃんが、助(すけ)てくれはるやなんて、こないに幸せなこと、ほかにあるかいな。ほんに、ありがたいこっちゃ、ありがたいこっちゃ」

無邪気によろこぶおばあちゃんに、明治男もイチコロでした。

あとがき

ともちゃん。
いつまでも、おばあちゃん、頼りにせんで、ええんやで。
あんたは、あんたで思うようにしたら、ええんやで。

あんたも知ってるやろ？　子育てに正解はない、って。
正解もないし、失敗も成功もない。
子育てもなあ、十人十色。
皆、それぞれのやりかたで、自分に向き合うだけや。

迷うときも、あるわいな。
そんなときは、ふりだしに、もどりよし。
あんたが、お母ちゃんになった日。
子ども前にして、なに願ぉた？　なに誓ぉた？

とまどうことも、あるわいな。
そんなときは、ちょいと離れて、休みよし。
ほな、また、子どものええとこ、見て暮らせる。

おじいちゃんが、常々、言うてはった。
わきまえよ、って。
自分が何者か、わきまえな、はじまらへんって。

子ども育ててるとなあ、いやになるほど、頭うつ。
そのたんびに、自分の至らんとこ、思いしらされる。
子どもが、身ぃもって、見せてくれるんや。

あんたに、言うといたげるわ。
子どもにおこっても、しゃあないえ。
子どもにあたっても、しゃあないえ。
あんたを、そのまんま、生き写してるだけやねんから。
腹立てるんもよし、ほっとくんもよし、気づかんふりするんもよし。
あんたが、何をしても、何をせんでも、子どもは、何も、とがめへん。
「お母ちゃん」をそのまんま受け入れようとする。
そやけど。
あんたはそれで、ほんまに、ええんか？
それはあんたが、ほんまに、望むことか？

逃げても、流しても、それは一時だけのこと。
あとでまた、頭うって思いしらされるように、できてる。
こればっかりは、あらがえへん。

おばあちゃんが思うには、な。
逃げんと、真っ向、認めるんが、一番はやぃわ。
流さんと、自分に向き合うんが、一番はやいわ。
自分の至らんとこ、気づかしてもろぉた、って。
ごめん、ってあやまって。また一からやり直す。
それが、おじいちゃんの言わはる「わきまえる」ってこと、ちゃうかいなあ。

ともちゃん。
もっかい言うとくわ。
もう、おばあちゃん、頼りにせんかて、ええんやで。

あんたが思うようにしたら、ええんやで。
自分の置かれたなかで、できること、やるだけや。
いつか必ず、お役ごめんの日がくる。
それまでは、まあ、きばるしかない。
長いようで短いようで、やっぱり長いかもしれんけど、終わりは、必ずくる。
まあ、みててみ。
案外、あっけなく、終わり、くるから。
思い残すこといっぱいあったとしても、必ず、終わるから。
ともちゃん。なるように、なるから。
なるようにしか、ならんのやから。
見守ってるさかいな。
おじいちゃんといっしょに、見守ってるさかい。
おきばりやす。おうえんしてまっせ。

その昔。わたしが若かりしころ。お盆やお彼岸、ご先祖様の祥月命日や法事に、お参りをすることに対して反発心をもっていた時期があります。

「ふだん拝みもしんと、こんなときだけ神妙な顔して拝むやなんて。おかしい」

なんて、えらそうなことをつぶやいたら、おばあちゃんにぴしゃりと言われました。

「折々に拝むからこそ、ふだん安心して忘れてられるんやないの」

今更ながらに思うには、おばあちゃんが、毎年欠かさずわたしと弟の誕生日と、二人が幼いわたしたち姉弟の面倒をみると決めた日に、お赤飯を炊いていたのも、おなじ理屈からかもしれません。


あまりにもあたりまえすぎて、わたしは、何もわかっていなかったことがあります。

わたしの誕生日は、父と母がはじめて「親」になった日であり、同時に、おじいちゃんおばあちゃんがはじめて「祖父母」になった日でもあったのです。

そして、もう一つ。

頭ではわかっているつもりで、わたしは、何もわかっていなかったことがあります。

親になるということは、自分の命に代えても守りたい存在ができたということであり、我が子に対して思い入れが強くなるのは、あたりまえといえば、あたりまえ。でも同時に、「欲目」も生まれていたのです。それは、自分でも気づかないうちに少しずつ少しずつ、ふくらんでいったのです。やっかいなことに、わたしは、自分が欲目を持っているなんて、これっぽっちも思いませんでした。それこそ、大きな勘違いです。

我が子は、自分ではない。ましてや、自分の分身ではない。頭では、わかっていました。わたしのしてきた後悔や反省と、我が子がするであろう後悔や反省は、別もの。頭では、わかっていました。でも、子どもたちには、自分とおなじ後悔や反省をさせたくなかった。それって、理想の子ども像を押しつけていたってこと?

子どもはいつか巣立つもの、親は巣立たせなければならない。頭では、知っていました。いつまでもこの関係が続くものではないことぐらい、知っていたし、言い聞かせていました。でも、どこかで、子どもたちに、いつまでも頼りにされていたかった。

それって、自分かわいさのあまり?

「欲目」と「勘ちがい」を腹の底に持っていることを潔く認めないことには、前にすすめませんでした。
おじいちゃんの言葉を借りるなら「わきまえな、はじまり」ませんでした。

大事なことほど、あたりまえすぎて、見えなくて、聞こえなくて、気づかなくて。
でも、いつかどこかで、気づかせてもらえるようにできているのかも、しれません。
いつか、必ず終わりがくるのと、おなじように。

今こそ、おばあちゃんに会いたいです。
今こそ、おじいちゃんに会いたいです。

たなか　とも

平成二十八年十月二十八日
生きていたら、おじいちゃんの誕生日に

たなか　とも

両親が共働きだったため祖父母に育てられた。大学で老人福祉・乳幼児教育を学ぶ。祖母の遺言「よろこびなさい」の真意を多くの人に伝えようと執筆活動を開始。京都に在住。日本尊厳死協会会員。著書に『９９歳ちりつもばあちゃんの幸せになるふりかけ』『９９歳ちりつもばあちゃんの幸せの道しるべ』がある。これら２冊は、２０１５年劇団道化座創立６５周年公演「ともちゃんち」の原作にもなっている。

装丁・イラスト／Kre Labo　石川真來子
DTP制作／Kre Labo（URL／krelabo.com）

ちりつもばあちゃんの むすんで ひらいて まごそだて

平成29年2月7日　初版第１刷

著　者　　たなか　とも
発行人　　石　川　眞　貴
発行所　　株式会社　じゃこめてい出版
〒101-0051
東京都千代田区神田神保町2-32前川ビル
電　話　03-3261-7668
ＦＡＸ　03-3261-7669
振　替　00100-5-650211
http://www.jakometei.com/
印刷所　株式会社 上野印刷所

ISBN 978-4-88043-447-6 Cコード0095